梅蒂亞轉生物語 2

世上最無懼的救世主

友麻碧

輕文學
Light Literature

Contents

Characters

瑪琪雅・歐蒂利爾
出身自〈紅之魔女〉後裔「歐蒂利爾」家的魔法師。

托爾・比格列茲
王宮騎士團的魔法騎士。原為瑪琪雅的騎士，目前成為救世主的守護者。

使魔

咚塔那提斯（咚助）

波波羅亞庫塔司（波波太郎）

「救世主」與其「守護者」／路斯奇亞王國

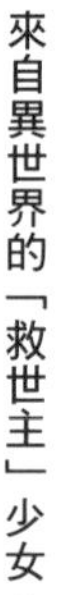

愛理
來自異世界的「救世主」少女。

萊歐涅爾・法布雷
救世主的守護者之一。在王宮騎士團擔任副團長。

吉爾伯特・迪克・羅伊・路斯奇亞
救世主的守護者之一。路斯奇亞王國的三王子。

尤金・巴契斯特
路斯奇亞王宮內的首席魔法師。元素魔法學的第一把交椅。

庫菈麗莎
女僕長。負責照顧愛理生活起居的顧問職。

盧內・路斯奇亞魔法學校

勒碧絲・特瓦伊萊特

瑪琪雅的室友。來自福萊吉爾皇國的留學生。

尼洛・帕海貝爾

瑪琪雅的同學。以榜首身分考進魔法學校的天才。

弗雷・勒維

尼洛的室友。比同學們年長一歲的留級生。

貝亞特麗切・阿斯塔

與瑪琪雅同班的貴族千金。王宮魔法院院長的孫女。

尼可拉斯・赫伯里

貝亞特麗切的專屬管家，也是她所領軍的石榴石第一小組成員之一。

尤里・尤利西斯・勒・路斯奇亞

盧內・路斯奇亞魔法學校的精靈魔法學專任教師。路斯奇亞王國的二王子。

梵斐爾教國

耶司嘉

梵斐爾教之主教，負責監視瑪琪雅。

???

???

「金髮」軍人，面貌神似在瑪琪雅前世殺害她的男子。

藤姬?

來自異國的千金，以被譽為聖女的古代魔法師「藤姬」之名自居。

Map & Realms

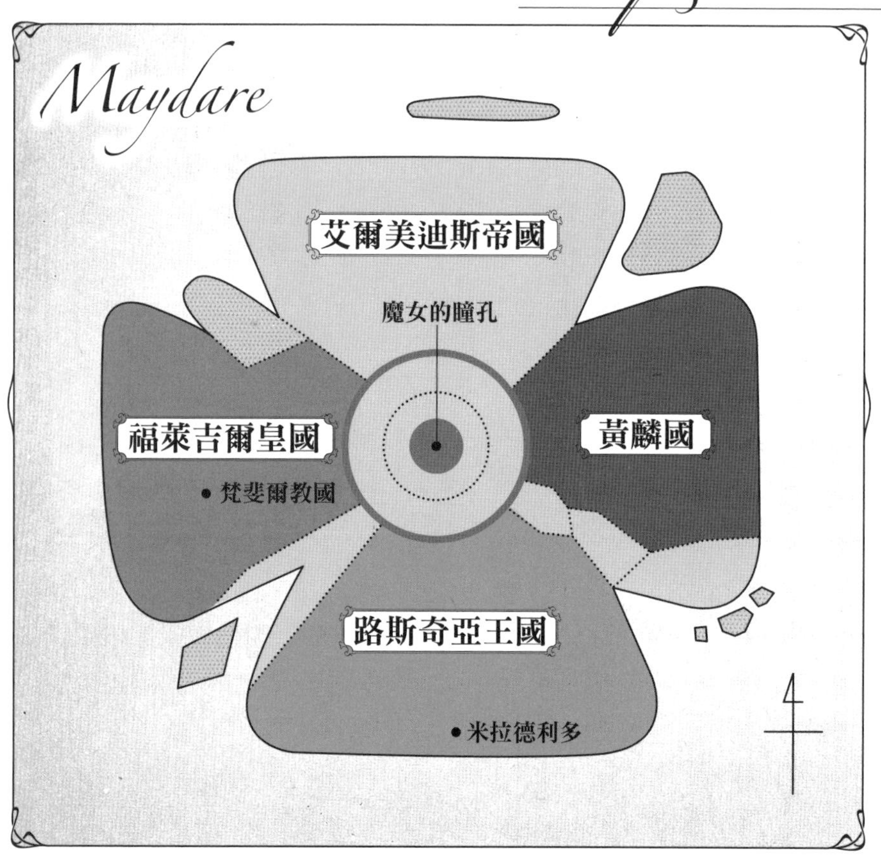

路斯奇亞王國

蘊藏豐富古代魔力的南方大國。瑪琪雅的家鄉德里亞領地也位於其中。

福萊吉爾皇國

現代化魔法技術發展蓬勃的西方大國。與路斯奇亞王國互為友邦。

艾爾美迪斯帝國

採行獨裁統治的北方大國。正在策動征服梅蒂亞的侵略戰爭。

黃麟國

充滿謎團的神祕東方大國。擁有獨樹一格的東洋文化。

梵斐爾教國

梵斐爾教派的總部，座落於福萊吉爾皇國境內。

米拉德利多

路斯奇亞王國的王都。盧內・路斯奇亞魔法學校也位於其境內。

魔女的瞳孔

位於世界中央的巨洞。

Keywords

梅蒂亞

由眾多偉大魔法師寫下歷史的這個世界之代稱。

魔法大戰

由「紅之魔女」、「黑之魔王」與「白之賢者」三人於五百年前引發的戰爭。其中「紅之魔女」殺害了勇者，以「世上最邪惡魔女」之惡名流傳後世。

托涅利寇的勇者

四位志同道合之士攜手打敗三位魔法師，為魔法大戰畫下句點的歷史性人物。其偉大事蹟被改編為各種童話與繪本，成為人們耳熟能詳的故事。

救世主傳說

流傳於路斯奇亞王國內的傳說——每當梅蒂亞遭逢危機之時，傳達福音的流星群將會從異世界召喚「救世主」降臨，拯救世界。據說托涅利寇的勇者也是其中一例。

四芒星紋章

救世主傳說中四位志同道合「守護者」的身分象徵。在救世主降臨時，此印記將會烙印於天選之人身上。

梵斐爾教

梅蒂亞中最古老且最主流的宗教信仰。信奉著世界樹「梵比羅弗斯」。

盧內・路斯奇亞魔法學校

據說是由遠古魔法師「白之賢者」所創立的教育機構。

魔力屬性與天賦寵兒

構築這個世界的魔力主要可分類為【火】、【水】、【冰】、【地】、【草】、【風】、【雷】、【音】、【光】、【闇】。另外，富含各屬性天賦之人則被稱為「寵兒」（註：第一集中稱為「（屬性名稱）之驕子／驕女」，本集開始統一改為「寵兒」），具備了精靈加護與特異體質等能力。

精靈、使魔

存在於這世界中的魔力具現化之物。棲宿於動物、植物或自然之中的神祕力量之具體呈現。藉由召喚精靈本體並締結契約，便可將其降伏為使魔來役使。

第一話　最後一人

這是夢。這一定是夢。

我——瑪琪雅・歐蒂利爾不停叨念著，設法讓自己入睡。然而……

「果然還在。」

隔日清晨，在洗臉檯前檢查自己的胸口後，發現「紋章」依然清晰烙印著。

那是梅蒂亞救世主傳說中所記載的四芒星紋章，象徵著守護者的身分。

「這不是真的吧。不可能，太扯了。我……明明還只是個學生而已，況且我可是紅之魔女的後代耶。我體內流著對救世主而言形同天敵的魔女血脈耶。怎麼想都不可能選中我吧……」

身上還穿著連身裙睡衣的我，板著一張鐵青的臉在房內張皇失措地來回踱步。

怎麼會？越思考越是一頭霧水。

我竟然被選為「守護者」之一，負責貼身護衛救世主。

「這肯定有什麼誤會啦。再說，紋章如今才出現也很不對勁。這是在流星雨之夜顯現於天選之人身上的證據耶。就如同那一天……托爾發生的狀況。」

總覺得心亂如麻。總之，現在必須找人商量一下這個情況。

我急忙換上制服，並快速打理好比以前短了一些的紅髮，便踏出房間。

這種時候，我能夠無條件求助的靠山，就是跟我有血緣關係的梅迪特老師了……

「噢，瑪琪雅小姐。一大清早的是怎麼了？」

是我的舅舅——烏爾巴奴斯・梅迪特先生。

他同時也任教於盧內・路斯奇亞魔法學校，是魔法藥學課的專任教師。

深綠色的頭髮與蛇一般的眼睛讓他的外型別具特色，還戴著充滿魔法師氣質的單邊眼鏡。

但今天不知是什麼好日子，舅舅頭戴著草帽，剛才正在藥用葵花田裡照顧作物。

舅舅、草帽加上向日葵。嗯……完全不搭。

「妳也差不多要回德里亞領地一趟了吧？茱莉亞姊姊與歐蒂利爾姊夫都等著妳回家喲。啊，要不要帶點葵花籽巧克力回去當伴手禮？」

「那個……舅舅。」

梅迪特老師——不，在這樣的狀況應該叫他舅舅——一如往常地與我寒暄。而我在他面前怯生生地解下領口的領結，打開襯衫鈕釦。

「！」

舅舅顯然嚇了一跳。

「等、等等——瑪琪雅小姐，舅舅我的確是單身沒錯啦，瑪琪雅小姐又是個可愛迷人的淑女，但這裡是學校，我們可是師生關係。況且在這之前，我還是妳的舅舅，妳是我的外甥女。從這點來說——」

「舅舅，很抱歉打斷你奇怪的誤解，你看看這個。」

「嗯？」

隨後他總算察覺我胸口浮現出的東西。

「這是……」

舅舅推了推單邊眼鏡，仔細端詳著烙印在我身上的紋章。

這幅畫面要是被第三者目睹了，肯定不太妙吧……

然而他用認真無比的眼神凝視這道紋章。

「傷腦筋，啊啊，真是頭大了。我看見了絕對不想在妳身上看見的東西。」

舅舅的口氣聽起來莫名平淡，少了他平時該有的幽默風趣。

「是昨晚出現的，我在那之前從來沒見過。這是真的印記嗎？」

「我不知道。」

接著他幫我扣回襯衫鈕釦，重新綁好領結，彷彿表示再也不願多看那個紋章一眼。

「但這件事也不能隱瞞下去，現在就去王宮稟報吧。」

「我會成為守護者嗎？」

「……別擔心，我會陪妳同行的。」

面對我的不安，舅舅摸了摸我的頭並如此安撫我，雖然那句話並未解決我的疑惑。

在梅迪特舅舅的帶領下，我來到了米拉德利多城堡內。

之前舉辦舞會時曾經造訪大廳，但這還是第一次正式踏入城堡中。

大理石材質的地板上響著清脆的腳步聲。

來來往往的路人們包含了看似來頭不小的貴族、一本正經的官員、裝模作樣的侍女，還有王宮御用魔法師與衛兵等等……

在王宮內服務的人們向梅迪特舅舅請安，順便偷偷瞥向我。我想他們壓根兒沒想到我身上有著守護者紋章吧。

我接下來會怎麼樣呢……

面對從未想像過的事態，我帶著加快的心跳聲一路向前，不知不覺已抵達宮內深處。

舅舅在某間房前與衛兵交談之後，敲了敲門扉。

現身而出的人物有著顯眼的柔順白髮與檸檬黃色的雙眸——他正是路斯奇亞王國的二王子，尤利西斯殿下。

從我的立場來看，他則是盧內‧路斯奇亞魔法學校的尤利西斯老師。

「噢，烏爾巴奴斯，還有……」

尤利西斯老師看見站在梅迪特舅舅身後的我，驚訝地眨了眨眼。

「尤利西斯殿下，我有點事想與您私下談談。」

面對學校內的同事兼學生時代的同窗，梅迪特舅舅恭敬有禮地低頭提出請求。

對方臉上露出些許難色。

「烏爾巴奴斯，我現在正在處理一些複雜的問題，如果不急的話，可以……」

「我要找您討論的也是急事。」

然而舅舅並沒有讓步。或許是見平時態度輕佻的舅舅表現得嚴肅無比，讓老師察覺到事情的嚴重性。

「是誰來了？讓人家進來吧。」

房內深處傳來輕快的人聲，是愛理小姐的聲音。

尤利西斯老師可能因此妥協了，把房門打開。

房內放置著氣派的長桌，席上坐著從異世界被召喚而來的救世主愛理小姐，以及負責護衛她的三名守護者。

「……小姐？」

其中一名守護者托爾・比格列茲在發現我之後，不假思索地站起身。

有著一頭黑髮的他，原本是歐蒂利爾家的門生兼傭人，也是與我一同長大、屬於我的騎士。

「梅迪特卿，有何貴幹？我們現在正在開會討論重要大事。況且，你為何還帶著歐蒂利爾家的女兒前來。」

三王子吉爾伯特殿下惡狠狠地斜眼瞪向我。

綁著淡米色長馬尾髮型的他，散發著王子該有的高貴氣息，但對我懷抱著極度的厭惡。

原因在於我擁有世上最邪惡魔女的血脈。

「恕我冒味，吉爾伯特殿下，以及救世主愛理大人。我的外甥女瑪琪雅・歐蒂利爾，身上出現了守護者的印記『四芒星紋章』。」

「啥！」

「什麼？」

舅舅的報告讓在場所有人難掩驚訝。

愛理小姐也歪頭疑惑地發出一聲「咦？」

托爾也一時失語，無法隱藏內心的困惑。

「她真的擁有紋章嗎？」

吉爾伯特王子用更加兇惡的眼神瞪向我，詰問的口氣中帶著質疑。

我遲疑了一會兒，為了取得在場所有人的信任，還是決定用顫抖的手指解開胸前的領結，然後伸往襯衫的鈕釦……

「且慢！」

托爾反常地慌張大喊，下一刻便張開雙臂，大步地朝著我走來。

一道名為托爾的高牆聳立在我的眼前。

「你……這是在幹什麼？托爾，快點讓開。」

「不要，小姐您才是怎麼了！請別作出有失身分之舉！」

「可、可是……」

「要我們家瑪琪雅大小姐當著這麼多目露凶光的骯髒男人面前寬衣解帶，成何體統，我絕對不允許這種事發生！」

「什麼『我們家』……」

托爾還沒完全擺脫當年身為騎士的忠心。面對過去曾效命過的貴族千金要在眾多男士面前袒露肌膚，這樣的狀況開啟了他的侍從模式。

托爾此舉讓剛才保持沉默的守護者之一——萊歐涅爾・法布雷發出了「噗嗤」一聲，然後無法克制地抱著雙臂哈哈大笑。

「啊哈哈哈哈哈！哎呀～太逗趣了，托爾竟然會如此慌張。平時明明是個公事公辦的冷酷男，面對任何狀況都無動於衷。」

法布雷同時身兼王宮騎士團的副團長，也是托爾的長官。

我跟他以前在學校的藥園島上打過照面。這位充滿男性魅力的騎士看起來比托爾大了至少有十歲，沒想到他會像這樣子毫無顧忌地放聲大笑。原本以為他是個更嚴肅正經的人。

「這一點都不好笑，萊歐涅爾！檢查紋章是必要程序！畢竟難保她所言屬實啊。交給托爾一個人確認，我才信不過！」

「啊，難不成吉爾伯特殿下其實是個悶騷男嗎？」

「萊歐涅爾，你這傢伙……想吃我一劍嗎？」

惱怒的吉爾伯特王子上半身越過桌面，舉起細長的劍身直直指向萊歐涅爾先生的臉。

對方露出悠哉的笑容回了一句「哎呀～失禮了。」面對王子仍表現出膽識過人的反應，不愧是爬上騎士團副團長位子的大人物。

在這混亂的狀況中，尤利西斯老師清了清喉嚨並將話題拉回正軌。

「我明白了，那麼就由我來負責確認吧。托爾，這樣可以嗎？」

「……是。交給尤利西斯殿下的話，我沒有異議。」

托爾停頓片刻之後答應了。看來他似乎十分信任尤利西斯老師，從原本完全把我擋住的位置迅速退下。

尤利西斯老師這個人選也令我放心了許多。

「紋章約莫是何時出現的呢？」

「昨天晚上，我記得大概是在雷陣雨下完之後。」

「我明白了，那麼恕我失禮了。」

「……好的。」

接著，我在尤利西斯老師面前解開鈕釦，露出胸口。

四芒星紋章清晰地烙印其上。

從他的檸檬黃色瞳眸散發出淡淡的光芒，平時總是溫柔和善的那雙眼神，此時令我感覺格外地犀利。

我內心的緊張遠遠大於難為情。

等我把鈕釦重新扣上之後，老師才轉過身子，對著救世主與其守護者們宣布。

「各位，請冷靜聽我說。最後一名守護者出現了——正是在場這位瑪琪雅・歐蒂利爾小姐。」

他的堅定口吻彷彿沒有質疑的餘地。

即使如此，吉爾伯特王子仍無法信服，握拳敲往桌面。

「這到底是怎麼回事，兄長大人！第四位守護者竟然事到如今才現身，而且還是這世上最惡名昭彰的那位『紅之魔女』的後代！」

尤利西斯老師手抵著下巴沉思片刻，開始娓娓道來。

「其實救世主與守護者的出現，存在著一條不為人知的『規則』——當守護者喪命時，將會自動選出新的一位。簡單來說就是遞補用的替代者。」

「替代者？」

在場所有守護者似乎都對這件事毫不知情。

「所以說，紋章如今才出現在瑪琪雅大小姐的身上，即代表著……」

「沒錯。在流星雨之夜被挑中的第四位『原始人選』，應該已經命喪某處了。瑪琪雅小姐被選為遞補的理由，恐怕是基於夏日舞會那次事件吧。當時她使用了神乎其技的魔法解救了救世主，此舉讓她備受肯定。」

尤利西斯老師的說明，讓至今保持沉默的愛理小姐愣愣地眨了眨眼，並歪頭問道：

「備受肯定——那麼負責評斷的人又是誰？」

「是這個世界。」

老師淡然地回答。

「但是救世主可就無法遞補了，愛理。妳要是喪命，一切就到此為止了。沒有人能保證新的救世主會再次從異世界受到召喚而降臨，梅蒂亞將暫時淪為混沌之世。」

「我當然明白，尤利西斯。因為我是獨一無二的存在對吧。」

愛理微微一笑，絲毫沒有任何畏懼。

但她臉上的笑容悄悄蒙上了一層陰影。

「但我還是不希望見到守護者犧牲生命。畢竟對我而言，你們都是無可取代的。」

「愛理……」

吉爾伯特王子的眼裡充滿了對愛理小姐的崇敬……

守護者只要喪命，就會由替代者遞補——這事實非常令人衝擊。因為這同時也意味著，只要救世主的使命尚未完成，守護者未來就有可能陸續換成全新的一批人。

「但是……尤利西斯殿下，瑪琪雅大小姐還是個學生。雖然她是位出色的魔女，但要進行守護者的任務還是過於危險吧？」

托爾著急的態度，簡直就像不樂見我成為守護者。

吉爾伯特王子則難得表示與托爾的意見一致。

「沒錯。在這個節骨眼才現身，而且還不具備即戰力，那她就只是個拖油瓶罷了。加上她身為那位魔女的後代，也無法得到國民與盟友國的認可吧。既然如此，不如選擇王宮首席魔法師尤金・巴契斯特，或是那邊那位烏爾巴奴斯・梅迪特，都還來得更能勝任。說起來，為什麼兄長大人沒被選為守護者！您可是國內首屈一指的精靈魔法師！」

……確實有道理。

雖然吉爾伯特王子對我充滿蔑視，但我不由得認同他的主張。

由於尤利西斯老師擔任協調救世主與守護者的整合工作，所以我一直沒注意到——他未被選為守護者這件事本身就很弔詭。

在這個國度裡，他可是被喻為無人能出其右的頂尖精靈魔法師。

尤利西斯老師一瞬間板起嚴肅神情，下一刻又揚起一如往常的微笑說道：

「由梅蒂亞選出效忠救世主的守護者，是你們四位。每個人都有屬於自己的使命。我被賦予的任務是從旁輔佐救世主，指點迷津。沒錯……就像過去那位『白之賢者』一樣。」

接著，他輕快地看向我。

「瑪琪雅小姐被選為守護者一事，必定也有其理由吧。我希望救世主與其他守護者可以欣然接受她的加入。」

「但是這小姑娘可是『紅之魔女』的後裔！沒多久之前才在眾目睽睽下賣弄那種危險的魔法！」

吉爾伯特王子的眼神中訴說著對我的強烈不信任感。

「這次的確是很特殊的異例。瑪琪雅小姐，我想妳現在也一樣處於混亂中。妳有什麼想問的嗎？」

「那個……」

我輕輕舉起手向尤利西斯老師發問，就像平常在學校上課時一樣。

「我能請教一個問題嗎？所以說，我會被選上到底是因為『誰』死了？」

經過一陣短暫沉默，在場所有人面面相覷。

「瑪琪雅小姐，這部分目前還不清楚，因為原本的第四位人選遲遲未被尋獲。不過，根據的日後調查，或許能找到特質相符的死者。」

尤利西斯老師如此說明。

原本該成為最後一位守護者的人究竟是誰，目前依然成謎。

他在哪裡喪命，死因又是什麼？繼承了天選印記之身分，他的存在令我頗為好奇。

「殿下，差不多該回到原先的議題上了。既然第四位人選出現了，更應該進入正題。」

「嗯……那麼這件事先暫時討論到這裡。」

尤利西斯老師採納了萊歐涅爾先生的建議，邀請呆站在原地的我入座。梅迪特舅舅則與老師互相點頭致意後，便離開房間。

在那之後，老師開始替我說明他們在我抵達前所進行的議題。

「其實呢，下一次的友盟國高峰會決定在米拉德利多這裡舉辦。屆時，救世主與守護者將會在各個同盟國代表面前第一次公開露面。」

友盟國高峰會。說到路斯奇亞王國的友邦，包含西邊的福萊吉爾皇國與其國境內的梵斐爾教國，以及周邊的其他小國。

「救世主與守護者全數到齊之後，首要任務不是前往聖地嗎？」

我不假思索地提出疑問。

依照傳說的內容，救世主與守護者齊聚之後，將前往福萊吉爾皇國，在其首都內的梵斐爾教聖地接受洗禮才對。

「洗禮固定於春天的『聖教祭』上舉行。由於今年已錯過時機，只能等到明年春天了。雖然提早啟程前往福萊吉爾作準備也是一個選擇，不過……」

尤利西斯老師語畢，身為守護者之一的萊歐涅爾先生補充說道：

「福萊吉爾內的國境城市在上個月遭受帝國軍的攻擊，目前與敵國的關係處於緊張狀態，今後局勢尚未明朗。因此決定在明年的聖教季到來之前，停留在路斯奇亞王國待命。」

原來是這麼一回事。

如果風險太高，先留在國內等候時機成熟或許才是安全之策。但是愛理小姐本人對於無法造訪異國一事感到十分惋惜。

「明明大可放心，我絕對不會有生命危險的！雖然實際上一路經歷了各種狀況，但我也從未受過什麼嚴重的傷，活得好好的不是嗎？」

「……」

「真想快點從路斯奇亞王國出發，前往梅蒂亞裡的其他國度進行冒險。這才是異世界穿越的精髓所在啊。」

愛理小姐從以前就把這類發言掛在嘴邊，彷彿把這世界視為故事中的舞台，自詡為「主角」。在場所有人大概都摸不著頭緒吧，但我大概能理解其中的原因。

愛理小姐……

場景換到日本，她原本的身分是一位名為「田中愛理」的女高中生，過去曾是我的摯友，興趣是小說創作。她喜歡在未知的世界中馳騁想像力，打造刺激動人的冒險愛情故事。

所以這裡對她而言，是夢想中的仙境。

是她一直以來尋尋覓覓的舞台。

「但是，愛理小姐，過去的那些只能算是僥倖罷了。當您的身分公諸天下之後，風險將會更高。福萊吉爾雖然是個泱泱大國，但跟路斯奇亞截然不同，充滿了各種危險。」

出身自福萊吉爾的托爾親自現身說法，接著，愛理小姐上下揮舞著握緊拳頭的雙手反駁。

「可是啊！人家已經不想再乖乖待在路斯奇亞王國了啦！我想快點以救世主的身分大展身手。周遊各個國度冒險啦、使用魔法戰鬥啦、揭穿壞人的陰謀啦，還有解救眾生！」

她雖然表現得氣呼呼，模樣卻仍然可愛討喜。看來她似乎早有一肚子牢騷。

「你們一直說這裡危險、那裡危險的，我連想去王都逛逛都不被允許，快要精神衰弱了！守護者的大家也為了公務忙這忙那的！」

站在守護者的立場，老實說心裡應該希望愛理小姐乖乖待在王宮裡吧。畢竟三位守護者都是異性，要一整天二十四小時貼身護衛，似乎也有困難。

「啊，對了！今後就請瑪琪雅小姐當我的聊天對象不就得了。這樣我也不會閒得發慌啦！」

「！」

突然被點名的我挺直了背脊。

「這怎麼可以！太危險了，愛理。那個小姑娘可是邪惡魔女的後代！搞不好會眼紅妳耀眼的存在感，企圖加害於妳。我聽說『紅之魔女』也是個嫉妒心很重的女子！」

「什麼？」

「像她那種貴族千金，我過去看的可多了！她們嫉妒別人純真無邪又備受愛戴，性格乖僻扭曲，產生不自量力的競爭意識，也不秤秤自己的斤兩，就想試圖除去眼中釘！」

該怎麼說呢，吉爾伯特王子的被害妄想也太嚴重了點。

還是他曾經跟這種女性接觸過？

在那次夏季舞會上，我確實對於讓托爾唯命是從的愛理小姐產生了類似嫉妒的情感，但就算如此，我也不可能幹出什麼壞事啊。

我勉強把這些內心話吞回肚裡，但托爾反而面露不快。

「請您停止這種過分的刁難，吉爾伯特殿下。我們家的小姐才不會像那些貴族千金一樣，因為眼紅他人而做出小家子氣的找碴行為。真要說的話，小姐的原則是人若犯我，我必奉還，而且是三倍奉還。她會詛咒對方，先讓對方每晚惡夢連連再說。」

「你……」

托爾啊，真是感謝你的提油救火。

因為這番話，讓吉爾伯特王子的兩道眉毛挑得更高了。

「果然是駭人的魔女！神聖的守護者竟然如此殘忍，豈有此理！」

「這對小姐來說是一種肯定，感謝您的誇獎，吉爾伯特殿下。」

「托爾，你這傢伙……」

吉爾伯特王子與托爾為了我展開一來一往的唇槍舌戰。

我偷瞥向愛理小姐，發現她的臉色似乎不太好看。或許她對於托爾未完全拋棄對我的忠心一事，仍感到不是滋味。

尤利西斯老師清了清喉嚨後開口問「請問可以回歸正題了嗎？」

要負責整合這群人，感覺是件苦差事啊……

「瑪琪雅小姐。妳是否具備適任守護者的特質，最終應該會交由梵斐爾教國的使者來判斷。至於原本的第四人究竟是誰……在釐清真相之前，妳被選為守護者一事還是先對無關人等保密，方為上策吧。要是公諸天下，妳可就去不了學校上課了。」

「咦？這、這樣可就麻煩了！進入盧內・路斯奇亞魔法學校就讀可是我一路以來努力的目標，我還跟組員們一起立下了成為獎學生的目標耶！」

我不由自主地站起身。

咦？但我當初立志成為獎學生的目的是什麼來著？

是為了見托爾一面，並向他表明自己的心意，終極目標則是在幕後協助成為守護者的他。

如果我自己成了守護者，這些目標全都變得微不足道。

「哼！歐蒂利爾家的女兒，妳最好作好身為守護者的覺悟。這個身分需要不計一切犧牲以守護救世主，像我可是跟未婚妻解除婚約，就是為了將自己全心全意奉獻給愛理。」

吉爾伯特王子自滿地說。

然而，我聽了只覺得對那位未婚妻深感同情。

「你們也該有身為守護者的自覺，不惜粉身碎骨為愛理鞠躬盡瘁。更別說對其他人抱有兒女私情這種事，豈能原諒！」

他狠瞪著我和托爾，同時如此告誡。

前一刻還在反對我成為守護者的人明明就是他。

「瑪琪雅小姐，妳不用太在意吉爾的那番話。我呀，一直很渴望擁有年紀差不多的女生朋友——可以保持對等關係、無話不談的那種。」

「愛理小姐……」

她對我露出和藹的笑容。

但是老實說，我還沒有做好成為守護者的心理準備，對眼前這位救世主少女也懷抱著複雜的情感。

愛理小姐並不知道前世我是她的摯友——小田一華。

「哈哈哈！這樣或許不錯吧。守護者全是些男人，愛理也覺得很無趣吧。有個年紀相仿的女性守護者，就能敞開心胸聊聊天。如果瑪琪雅小姐願意擔任愛理的談話對象，對我們來說也比較能放心。」

萊歐涅爾先生表面上對我相當友善，強而有力的笑容耀眼得令我無法直視。

「哪裡能放心了，萊歐涅爾！這個魔女就算要當愛理的護衛都無法勝任，況且我實在還是信不過她……」

吉爾伯特王子的態度依舊，用帶刺的眼神睥睨著我。

「請停止對瑪琪雅小姐出言不遜，吉爾伯特殿下，你對小姐根本一無所知！」

托爾也依然故我，一心想替我說話，他甚至不惜站起身子強烈主張。

然而，托爾的態度激得吉爾伯特王子也站起身。

接著他走向托爾，用嚴厲的語氣告誡：

「一無所知的人是你才對，托爾。要是你陷入困境，只能從這小姑娘與愛理之中救一人，你打算怎麼抉擇！」

「？」

這句話大概讓在場所有人都愣住了。

托爾緩緩瞪大了雙眼，吉爾伯特王子則刻不容緩地繼續說下去。

「這種時刻，你必須無條件選擇對愛理伸出援手，你總有一天會面臨這樣的局面！給我牢牢記住了，托爾‧比格列茲。」

沒有任何人開口糾正這番發言。

守護者的使命，顧名思義就是保護救世主，他們是救世主的後盾。

即使托爾曾是我的騎士，也無法拋下守護者的使命。

因為我是可取代的，但愛理小姐只有一個。

「！」

托爾的表情充滿掙扎與不甘心，他緊握住拳頭。

我不忍見他露出那樣的臉。

我想他絕非抗拒愛理小姐本身，但是被強行加諸的忠誠讓他回憶起過去的奴隸時代，而無法打從心底接受。

身為一名騎士，或許他對自我的期許是能效忠於發自內心信任之人，並且守護自己想保護的人事物吧。

好吧，我明白了，那我變得更強大就是了。

「既然這樣，那我會努力保住自己這條性命，即使沒有托爾的守護也能活下去。」

「……小姐？」

這出其不意的發言讓所有人都看向我，但我的雙眼只凝視著托爾一人。

我揚起好勝的笑容，就像過去那位天不怕地不怕的瑪琪雅大小姐。

「所以說，你別露出那張表情了，托爾。也不想想我是誰？我才不會那麼輕易地說死就死，也不會讓你陷入那種兩難的選擇題中。」

所以，你要守護的對象，只需要是愛理小姐一個人。

然後我必須變得更加強韌，讓你不用再為我傷神。

托爾臉上仍然掛著擔憂的表情，而我靜靜地站起身，看向在場所有人。

「雖然還不確定我是不是真正的守護者，但我會盡力而為的。既然有幸受命，我就擔任愛理大人的顧問一職吧。還請多多指教了。」

我一手貼胸並低頭鞠躬，象徵著宣誓。

既然同為守護者，對托爾的感情也必須藏進心底了吧……

啊啊，真是的。

在昨天，在那一刻，在那個地方。

要是及時把這份心意告訴你，該有多好。

第二話　救世主的守護者們（上）

原本計畫回到德里亞領地探親的我，由於身上出現了救世主守護者的印記「四芒星紋章」，現在已沒有返鄉的空閒了。

意外被選為守護者一事，就委託梅迪特舅舅代為轉告我的父母，而我則留在王都，米拉德利多。

正確來說，我幾乎每天都必須進宮。

身為守護者必須具備許多認知與知識，我目前正在惡補中。

據說，當救世主與守護者全數到齊後，就要出發前往西方的福萊吉爾皇國，在該國首都內的梵斐爾總部「梵斐爾教國」接受「綠之魔女」頒布的預言。預言內容將會清楚地開示這世界面臨的危機，以及救世主的使命。

這一連串的儀式似乎固定在每年春天舉辦的「聖教祭」上進行，今年已經錯過時機，必須等到明年春天到來。

至於在那之前，救世主與守護者還能作些什麼，那就是……

「最重要的大前提──想辦法活到洗禮儀式那時，然後扮演好國民心目中象徵和平與希望的典範。各自力求強化能力以迎接即將到來的關鍵時刻，並面對來自各方的敵意，奮戰到最後。你們必須在人民面前展現這般英姿以獲得民意支持，以對爭奪世界霸權的諸國產生『威懾』的作用。」

我在王宮內的演講廳接受尤利西斯老師的指導，學習守護者該有的心理建設。偌大的演講廳只有我跟老師的一對一授課，簡直就像在參加學校的課後輔導。

「威懾是指戰略上的考量嗎？」

「沒錯，妳還記得妳的精靈波波羅亞庫塔司，之前曾撿了鈕釦回來的事情嗎？」

「記得，我一直很好奇是怎麼回事。」

「那是北方的艾爾美迪斯帝國的軍服配件。」

「也就是說，邊境侯爵葛列古斯跟帝國之間有私下往來？」

「可能性很高，艾爾美迪斯目前正對周邊的諸國發動侵略戰爭。帝國的威脅難以蔓延到路斯奇亞這裡，都是多虧夾在兩國中間的西方福萊吉爾皇國擋下了砲火。但是他們的魔爪終有一天會伸往路斯奇亞王國。對於好戰的帝國而言，應該視帶領世界迎向和平的救世主為眼中釘，想早點先發制人吧。」

所以才煽動包含葛列古斯侯爵在內的反救世主派，還提供武器與最新的轉移裝置，讓他們發起上次那種恐怖行動吧。

「若要說救世主現階段還能扮演怎樣的角色……大概就是類似對各國魔法師的一種『警

告』吧。必須隨時緊盯著那些魔法師，以防他們輕率地干預世界情勢。」

「各國的魔法師？」

到底是怎樣的一群人？

我想其他國度應該也設有魔法學院與王宮魔法院等機構，投入魔法師的培育，但這終究只是一門職業。

然而，尤利西斯老師口中的「魔法師」，似乎不是廣義上泛指的這種。

「這世上的魔法師有千百種，其中特別需要當心的就是在君王身邊輔佐的大魔法師，他們是足以動搖國本的存在。」

「所以尤利西斯老師也包含在內嗎？」

「……」

我只是單純就「輔佐君王的大魔法師」這個敘述，舉出老師的名字，但他的神色有些詫異。

「呵呵，這個嘛……或許有可能吧。」

接著他露出爽朗的微笑，卻將視線錯往一旁，彷彿意有所指。

「我之所以沒被選為守護者，真要歸因的話，或許正是因為名列『待觀察名單』內……這樣吧。」

雖然可能只是玩笑話，但就算是真的，我也不太意外。

尤利西斯老師之前曾介紹過那些名留青史的偉大魔法師。若真要分類，老師應該也屬於那一邊。

然而我一直覺得……托爾也跟他一樣。

「在明年春天到來前，瑪琪雅小姐也繼續維持往常生活就行了……雖然現在狀況不一樣了，但還是請妳盡情享受盧內・路斯奇亞的校園生活吧。就我個人來說，非常希望妳能順利完成學業。」

「……好的。」

我也想好好從這所學校畢業。

而且只要一提起盧內・路斯奇亞魔法學校的話題，老師臉上的表情彷彿活潑了些。

「尤利西斯老師當初為什麼會想進入盧內・路斯奇亞任教呢？」

畢竟老師可是這個國家的二王子。

或許不一定能繼承王位，但一般來說也不會立志成為魔法學校的教師吧。他明明可以站在更接近國家運作核心的位置上，發揮所長的……

面對我的疑問，老師微微垂低視線。如絹絲般的睫毛在他神祕的檸檬黃雙眸中蓋上了陰影。

「這個嘛……因為那間學校對我而言，就如同懷胎十月的孩子一般。」

孩子？

如果他是說「像母親般的存在」那我還比較能理解，畢竟有母校這種說法。可是這……

「噢，都已經這麼晚了，接下來我要替愛理上精靈魔法課。她現在應該在圓頂競技場進行實用魔法的特訓吧。」

「我聽說愛理大人配有優秀的專屬教師。不讓她去就讀魔法學校，是基於安全上的考量嗎？」

「一部分算是。但主要是因為愛理身為救世主，擁有的魔力自然非比尋常。依照學校的課程規劃，要在短時間內培養她的實力是不可能的。救世主體內的魔力遠高於一般人，備受精靈的祝福，同時也是能支配所有元素的【全】屬性寵兒。」

「【全】、【全】屬性寵兒！」

我不由自主地仰起身子一驚。

那是集所有屬性精靈寵愛於一身的存在。

即使放眼過去歷代救世主，這種特異的魔法體質也是屈指可數的特例。身為【火】之寵兒的我，跟【全】屬性寵兒的愛理小姐相比，簡直算不了什麼。

「【全】屬性寵兒與一般單屬性的寵兒相比，是獨具一格的存在。他們擁有特殊能力，可以將各種元素能力『無效化』，也就是一般俗稱的『抗屬性體質』。」

抗屬性體質。

簡單來說，各屬性寵兒的能力在她面前都不管用。真強。

「愛理目前還無法靈活操控這股力量，不過只要接受特訓，未來應該有機會派上用場吧。話雖如此，面對其他國家複雜且先進的魔法技術，就沒有用武之地了……」

尤利西斯老師在苦笑中結束了我的指導課程。

對於守護者與愛理小姐有了更深一層的認識，讓我稍稍放下心裡的不安。畢竟一無所知才是最讓人心慌的。

接下來的時間，我與尤利西斯老師一同前往愛理小姐正在上課的地方——王宮內的圓頂魔法競技場。

米拉德利多城內主要可分為中央宮殿、北宮殿與南宮殿三區，圓頂競技場就位於中央宮殿的後側。

圓頂競技場很特別，這裡是一間占地廣大的巨蛋型體育館，周圍張設了嚴密的防護壁，可以在裡面實際演練各種魔法。

據說，由於身為救世主的愛理小姐所使出的魔法，會產生何等威力仍是未知數，所以她總是在競技場內進行魔法特訓。

「瑪琪雅小姐之前在宮殿大廳施展的『紅之魔女』魔法，也是應該限制在這裡才能使用的大招呢。」

「呃……哈哈哈，上次真的非常抱歉……」

尤利西斯老師笑著回我「我只是開玩笑啦」，但我仍覺得無地自容。

「後來有想起任何線索嗎？關於『紅之魔女』的魔法。」

「呃，不，還是沒什麼頭緒。」

關於我的祖先——五百年前在世的「紅之魔女」。

她流傳下來的老舊魔法食譜書，現存於我們歐蒂利爾家，裡面不但記錄著她的日記，還藏有她過去所使用的魔法。

在前些日子的舞會上，我不慎使出其中一道魔法，後來因為副作用而昏睡多日。舞會廳的慘狀想必害不少人幫忙收拾殘局吧……

身穿輕便訓練服的愛理小姐正在魔法競技場裡，揮舞著收在金色劍鞘裡的短劍，並詠唱魔法咒語。

「伊西・思・艾里斯——現身吧，義芙。」

綻放純白色光芒的魔法陣隨之展開，從中現身的是一隻龍，牠散發出的璀璨光輝美得不像是這個世界的生物。

「唔哇……」

銀龍身上帶有七彩繽紛的聖光，還長著像是妖精會有的四隻翅膀。

那對細細長長的耳朵，總覺得更添可愛感。

聽說這隻龍正是愛理小姐成功召喚出的大精靈。

「啊，瑪琪雅小姐！」

愛理小姐發現我與尤利西斯老師一起來到現場後便朝我揮手。

見我被她身後的精靈嚇了一跳，她輕聲笑了笑，同時為我介紹在後方待命的那隻龍。

「牠是名叫『義芙』的光龍。長得很漂亮對吧？長長的耳朵就像兔子一樣可愛，而且個性非常好，牠是女生喲～」

接著她對光龍下令「縮小」，於是龍發出耀眼光芒，身體隨著光芒逐漸變小，最後化為能停在手臂上的尺寸。

太優秀了，她竟然已經能自由操控精靈的召喚形態。

「愛理成功召喚出的龍，是近兩千年歷史中前所未聞的傳說精靈。雖然歷代的救世主同樣都具有召喚出高階精靈的傾向，但真沒想到能在這次親眼一睹傳說中的義芙。」

尤利西斯老師瞇起眼，仰望那條銀龍。

既然連馴服眾多大精靈的精靈魔法界翹楚都這麼說了，想必真的是一大創舉吧。眼前令人折服的耀眼斑斕與包圍全身的溫暖光芒，讓我充分理解這個事實。

對於召喚出這隻精靈的愛理小姐，所有人肯定都抱以無比的期待。

「對了，瑪琪雅小姐妳的精靈呢？」

「咦？」

「妳在盧內・路斯奇亞魔法學校初次召喚了精靈不是嗎？」

腦中馬上浮現在學校的精靈召喚儀式上被恥笑的回憶，但我猛搖了搖頭。我的小倉鼠可是全世界最可愛的！

「瑪琪雅小姐，妳願意在此叫出妳的精靈給愛理瞧瞧嗎？那兩個小傢伙實在非常可愛討喜，我想一定能療癒愛理的心靈。」

老師輕輕搭往我的肩，給予我鼓勵。

我精神抖擻地點頭回答「好！」朝前方伸出手掌，在腳邊展開了雙重的精靈召喚魔法陣。

「梅爾・比斯・瑪琪雅——現身吧，波波羅亞庫塔司、咚塔那提斯！」

想必剛才還在專心踩著滾輪的兩隻小倉鼠，被我使用魔法強制召喚。圓滾滾的牠們一屁股坐在魔法陣的角落，微微抖動著鼻子嗅聞，小巧的嘴呈現三角形。瞧瞧牠們多可愛。

「倉鼠？」

「是的。我的精靈是侏儒倉鼠，分別叫作波波羅亞庫塔司以及咚塔那提斯。來，你們快過來～咚波波。」

兩隻小傢伙踏著急促的嬌小步伐，爭先恐後地爬上我的手心。

牠們過去曾是效命於我的祖先「紅之魔女」的精靈，原本的名字太冗長了，所以我把黃毛的簡稱為咚助，白毛的則叫波波太郎，兩隻合稱為咚波波。

咚波波露出天真的笑容，一下忙著順毛，一下又忙著舔舔手指。

「唔哇～～真可愛！」

愛理小姐雙眼發亮，對我的精靈們一見鍾情。

她將臉湊近我手中的小倉鼠，用手指溫柔撫摸牠們嬌小的頭部與背部，接著，她說：

「在我原本所處的世界呀，大概是我讀小學的時期吧？以倉鼠為主角的卡通在小朋友們之間蔚為流行，大家都因此養起倉鼠。」

「啊，那個……」

我知道——差點脫口而出的我，急忙掩住自己的嘴。

我們家當時也跟上大眾的倉鼠熱潮而養了一隻，是哥哥千求萬求才得來的寵物。

「我以前也很想養倉鼠，不過被媽媽否決了。啊，不過國小裡養的倉鼠是我負責照顧的，因為我是生物股長。」

原本還津津樂道的愛理小姐，突然板起嚴肅的表情，眼神似乎微微一沉……

「愛理大人。」

此時，她身後緩緩冒出一道人影。

從對方身上的王宮魔法院制服看來，身分顯而易見是宮中的魔法師。這位散發穩重氣息的年輕男性，有一頭柔順的深褐色頭髮與綠色眼睛，他推了推臉上那副充滿高知識分子氣質的眼鏡，舉手投足之間頗具個性。

「今天的課程就先到這邊告一段落吧。」

看來他似乎是負責為愛理小姐指導魔法的專屬教師。

他身上的王宮魔法師專屬長袍，右袖上套著象徵最高位階的金色臂章……

「不好意思，尤金，打擾你的訓練課了。」

「不會的，殿下。反正到了這時間，愛理大人也差不多會開始吵著要休息了。」

「我哪有，尤金！」

愛理小姐氣呼呼地舉起雙手抗議，而那位名叫尤金的魔法師則伸手推了推發亮的眼鏡，同時留下一句「那麼我先告辭了。」

就在他離去之際，好像微微朝我瞥了一眼……

「啊。他是王宮魔法師尤金，負責教授我魔法。」

「嗯嗯，我聽過他的大名。尤金・巴契斯特——百年難得一見的奇才，元素魔法學的第一把交椅。」

只要是立志成為王宮魔法師的人，不可能不認識他。

年紀輕輕就立下豐功偉業的他，是王宮內的首席魔法師。

「尤金他可是才學過人喲。他是最了解我的『抗屬性』體質的人，而且總是完整分析我所缺乏的能力與知識，仔細地進行指導。雖然有點嚴格，但我……非常信賴他。」

愛理小姐目送著對方離去的背影如此訴說。

她的眼神中流露出對他的深厚信任。

「要是能讓尤金也當上守護者該有多好。」

接著她嘀咕了一句，應該是不經意脫口而出的真心話吧。

比起我，他才更應該成為守護者，而且也是大家原本所期望的人選。

「啊，對了！我想把瑪琪雅小姐好好地介紹給大家認識！跟我來！」

「哇！愛理小姐？」

愛理小姐拉起我的手，打算帶我離開這座圓頂魔法競技場。

「喂，愛理！接下來可是精靈魔法課喲。」

背後傳來尤利西斯老師帶著訓斥意味的呼喚聲。

「抱歉，尤利西斯！我晚點會認真上課的！」

但愛理小姐一派輕鬆地把對方甩在身後，發出清脆笑聲拉著我奔跑。

真佩服。面對如此不得了的人物仍絲毫不卻步，永遠保持開朗且忠於自己的內心。

故事中的主角，的確都是像她這樣的女孩。

這就是原因嗎……

穿過長廊，沿路上遇見愛理小姐的專屬女僕與傭人、負責警備工作的年少魔法兵，所有人都對我投以莫名冰冷的眼神。

其中帶有嫉妒、質疑、不解，甚至是敵意。

「為什麼那個小姑娘可以成為愛理大人的顧問……」

「說起來，她還是那位『紅之魔女』的後裔耶……據說她算計著搶走托爾大人，所以才接近愛理大人。」

「感覺她就是會幹出這種事的人。」

沒有人知道我當上守護者的事實。

可能是因為經過舞會那次事件，連奇怪的謠言都傳開了。

但我也沒資格反駁什麼，畢竟我根本還沒具備守護者該有的自覺與覺悟。

或許托爾當初也曾遭受過相同的對待呢。

被貼上「異邦人」、「奴隸出身」各種標籤……

連接王宮與圓頂競技場的白磚步道，筆直地貫穿粉黃交錯的玫瑰園。

在王宮內服務的人們與來洽公的行人三三兩兩穿梭於步道，愛理小姐卻毫不在意他們的眼光，反而親切地揮手致意。

「……咦？」

我從來往的行人之中感受到一股強烈視線，隨即轉過頭去。

沒想到竟是盧內・路斯奇亞魔法學校的同學——貝亞特麗切・阿斯塔，她就站在不遠處看向我們。她身上那套現在最流行的翠綠色禮服很適合她。

原本想出聲叫住她，但她立刻與隨行的管家一同進入城堡裡了。

算了，也罷。我們的關係也沒好到需要熱情地揮手寒暄，應該說正好相反才對。

「喂！萊歐涅爾！萊歐涅爾～這裡這裡！」

反而是愛理小姐朝著天空揮起手，呼喚著某人。

一匹盤旋於空中的天馬降落地面，騎乘在馬背上的是一位穿著騎士團制服的精悍青年。

他是守護者中最年長的萊歐涅爾‧法布雷。

雖然在王宮境內，想必他仍負責在空中保護愛理小姐的安全吧。

「您找我嗎？愛理大人。」

「嗯，我想說重新正式跟你介紹一下瑪琪雅小姐。」

聽完愛理小姐的說明，萊歐涅爾先生發現站在她身旁的我，並給了我一個親切微笑。

這個人對我的態度並沒有明顯的敵意，但……

反過來說，也讓人難以捉摸他真正的想法。畢竟身為騎士團副團長，他自然有著無懈可擊的武裝。

萊歐涅爾先生從天馬背上一躍而下，身上的披風隨之翻騰，隨後一手撫胸向我行禮。

「容我重新介紹自己。我是萊歐涅爾‧法布雷，今年二十六歲，擔任路斯奇亞王宮騎士團的副團長。同為守護者一員，以後還請多指教了，瑪琪雅‧歐蒂利爾小姐。」

「不敢當，我才要感謝副團長好幾次出手相救。」

我也表現出貴族千金該有的禮儀，提起禮服裙身並微微點頭行禮。騎士團的團長與副團長想必是所有少女嚮往與憧憬的對象吧，但現在的我可沒有那種餘裕。

「哈哈哈，不需如此緊張。我從托爾口中聽聞過許多關於瑪琪雅小姐的事情，那小子雖然總說妳是跋扈千金，但現在怎麼看都是位彬彬有禮、惹人憐愛的窈窕淑女啊。」

「咦……」

萊歐涅爾露出潔白光亮的牙齒一笑，毫不害臊地說出這番話。

比起他的讚美，我更在意那句「跋扈千金」而皺起了臉。

那個臭傢伙，也不想想我拚命扮演好謙遜乖巧的名媛，胡說些什麼！

「妳以前曾在藥園島解救了愛理大人，真沒想到當時的那位淑女如今會成為守護者。不對，或許應該說妳在那時已經嶄露鋒芒了吧。」

「那一次是多虧其他組員們優秀的表現。」

我不由自主地露出苦笑，我自己也從未預料到會成為守護者。

愛理小姐在一旁咯咯笑著說：

「萊歐涅爾很厲害的喲。出身自平民卻精通劍術與魔法，一路爬上騎士團副團長的位置。他擁有『黎迦納的英雄』稱號，之前曾在黎迦納地區的國境交界上擊退了巨大的魔物食人魔呢。」

「食人魔……嗎？」

我跟著重複一遍後，萊歐涅爾先生點頭回答「沒錯。」

「瑪琪雅小姐有見過『魔物』嗎？」

「沒有。頂多只有聽說過相關傳說，未曾親眼看過。」

那是一種類似精靈，立場卻完全相反的生物。

路斯奇亞王國在精靈強大的守護下，幾乎不會有機會遇見魔物。然而，仍會有極為稀少的例外出現於國境內，這種時候就會由騎士團前往討伐。

魔物最為人所知的歷史，就是過去曾被大魔法師「黑之魔王」馴服，為其效命。

性格殘暴兇惡，是人類的敵人，也是需要被驅逐的存在——這是一般對於魔物的認知……

「特別是最近，目擊到魔物的情報四處頻傳，我明天也預定要前往國境交界處。」

「……萊歐涅爾，你又要去討伐了嗎？」

愛理小姐蹙眉，一臉擔憂地仰望對方臉龐。

「別擔心。我會立刻完成調查，回到您的身邊。」

萊歐涅爾先生如此保證，同時溫柔地摸了摸愛理小姐的頭。

「對了。兩位要不要來看看騎士團的演練場？現在年輕的新進騎士們正在進行劍術練習。愛理大人若能到場，我想一定能提高大家的士氣。」

他豎起食指並微微一笑，不知內心有何打算。

我與愛理小姐一頭霧水地望向彼此。

騎士團所使用的場地，主要集中於王宮境內的西區。

搭建了屋頂的室外訓練場裡，響起了精神抖擻的呼喊聲與刀劍交鋒的金屬聲。

「是愛理大人！」

「救世主大人！」

年僅十幾、二十出頭的年少騎士們正在場中進行日常例行訓練，愛理小姐的登場令現場一陣沸騰。

對他們來說，需要守護的「公主」除了愛理小姐以外別無他人。團團包圍愛理小姐的年輕騎士們氣勢逼人，把我從人群的圈圈裡撞飛。

愛理小姐露出和藹的笑容，親切地與騎士們交談著。

看見她的笑容，應該更激起了他們的使命感，也更有動力投入於練武吧。

而我則強烈感受到自己像個局外人般不自在，打算稍微退居後方等待，便繞到支撐訓練場屋頂的巨柱後方。結果——

「咦？小姐？您怎麼會在這？」

「嗯？托爾？」

沒想到，正在外面的噴泉飲水台洗臉的托爾發現了我。他的瀏海上還沾著水珠。

而且，剛結束訓練的他現在是打赤膊的狀態。

「啊……」

雖然頂著一張惡女的外表，其實我的內心還是個清純少女。

我不敢直視青年騎士那鍛鍊有成的胴體，身子緊貼著柱子無法動彈，眼神明顯地飄開。

托爾大概沒有錯過我的反應。

「……噢？為何要把視線錯開呢？」

他露出不懷好意的笑容，並用明知故問的口氣朝我走近。

接著把手撐在柱子上，俯視著被籠罩在他身下的我。

瀏海上的水珠零星滴落，沾濕了我的鎖骨。

見我滿臉通紅不知所措，托爾「噗嗤」一聲笑了出來。

「小姐您意外地青澀呢。從這副反應看來，應該還沒在魔法學校裡體驗過臉紅心跳的青春吧。」

「可、可惡……臭托爾。」

他還是沒改掉愛捉弄我的壞習慣。

為了教訓這個臭小子，我試圖朝著他的腹肌連出了幾拳。然而——

「小姐，您真的打算成為守護者嗎？」

托爾換上嚴肅的表情，低聲問我。

在我身上出現守護者紋章後，這還是第一次有機會跟托爾兩人獨處。

「這……不是我能決定的事情，就像你當初也是受命成為守護者一樣。」

「我並不贊成，您應該有自己決定的路要走。歐蒂利爾家該怎麼辦？兒時的約定我可還沒有忘記。」

「……托爾。」

我抬頭望向他。

在那真摯眼神的深處，我看見他內心複雜的糾結。

我們過去曾立下約定，說好彼此要成為偉大的魔法師。我立志繼承歐蒂利爾家衣缽，成為獨當一面的魔女男爵，托爾則將成為我的騎士……

然而，孩提時代的夢想終究是一場虛無縹緲的夢。

我目前並沒有足以顛覆現狀、實現夢想的能力。

「對不起，真的對不起，托爾。連我自己也不明白，事情怎會演變成這樣。我現在仍一團混亂……我——」

「小姐，我並沒有責備您的意思……」

托爾還有話想說，卻欲言又止。

他靜靜抽離身子，轉身背對我。

那可靠的臂膀上滿是令人心痛的無數傷疤。兩年前還不存在的這些痕跡，訴說著他背負守護者身分後經歷過多少的紛爭與烽火。

托爾應該是不希望我遭受同樣的體驗吧。

想到這裡，我便克制不住盈眶的淚水……

「欸快看～托爾又把女孩子惹哭囉～」

「反正他肯定又狠狠拒絕人家的告白了吧～」

「？」

旁邊傳來年輕騎士們的交談聲。

不知何時之間，我們身旁已聚集了好幾名騎士。托爾一時慌了手腳。

「不是的！這位是我的主人！」

他指著我矢口否認，誰准你用手指指著前任主子啦。

「哦？就是你口中那位可怕的大小姐啊？」

「畢竟你開口閉口總是『小姐』的事情呢～」

「聽說您以前曾將海盜流放到離島，還對盜賊施以鞭刑，這些是真的嗎？」

托爾到底跟這些年少的騎士們說了些什麼……

不過，看他跟年齡相近的同袍們似乎處得不錯，讓我放心了些。

畢竟過去待在歐蒂利爾家的時期，他沒什麼機會跟同齡的男孩子交流。

「托爾！訓練辛苦了！」

「哇！」

此時，愛理小姐跑了過來並一把抱住托爾的手臂。

「愛理大人，我現在滿身大汗，會弄髒您的。」

「我不在意呀，你是托爾嘛。」

我連直視都沒膽，她竟然直接撲上打赤膊的托爾。

一時的驚訝讓我的淚水縮了回去，同時隱約感受到……胸口附近一陣刺痛。

「哈哈哈！你真是個罪孽深重的男人啊，托爾，這下又要被其他騎士眼紅囉。還有吉爾伯特殿下。」

萊歐涅爾先生手插著腰，拋了個爽朗的媚眼過來。

其他騎士少年們對於被愛理投懷送抱的托爾，的確難掩嫉妒之情。有人恨得咬牙切齒，有人忿忿咬著手指甲。

真慶幸吉爾伯特王子不在場……

「……」

眼見人潮聚集得越來越多，我默默退離現場，逃往城堡內。

心裡滿是無以名狀的焦躁與著急。

一部分是看見愛理小姐與托爾親密的模樣，讓我心煩意亂。但最主要的原因是，我感覺到自己與托爾之間的距離相對地遙遠許多。

在孩提時代，我們總是形影不離。

可以黏著托爾不放、對他撒嬌或任性，曾經是我的專屬權利。

然而，今非昔比。

既然彼此都成為守護者，已無法隨意進行不必要接觸。

這只是我單向的戀慕之情。

今後我必須懷抱著這份情感，從旁守護托爾與愛理小姐之間絕對的主從關係——

「怎麼了？瑪琪雅小姐，妳在生氣嗎？」

愛理小姐一路追了過來，一臉擔心地湊近觀察我的臉。

「愛理……小姐……」

「難道是我做了什麼事惹妳不高興？」

「不是的，我只是有點被人潮沖昏了頭……」

愛理小姐露出不解的表情。我藉由深呼吸平復內心的躁動，轉換了情緒。

明知自由戀愛是不被允許的，但一見到托爾，便挑起我隱藏在心底的情感。

然後又在目睹托爾與愛理的親密互動後，自顧自地傷了心。

這一天，我被愛理小姐帶著四處跑，認識了許多人。

雖然大概能猜到自己應該不會多受歡迎，但只要對我敵意毫無保留的吉爾伯特王子不在，感覺氣氛都還算得上和平。

到了傍晚，我們慢慢晃到了王宮外，沿著王都的水路沿岸散步。就在此時——

「咦，貝亞特麗切？」

我又遇見了盧內・路斯奇亞魔法學校裡的同窗兼死對頭——貝亞特麗切・阿斯塔。

平時與她形影不離的管家並不在場，她獨自一人坐在並排於河畔的長椅上放空。正確來說，應該是低頭盯著手裡的某樣物品？

即使走過她面前，甚至刻意乾咳個兩聲，她仍沒發現我的存在。

於是我起了嚇嚇她的念頭，繞到她身後並開口。

「欸，妳在幹嘛？」

「！」

貝亞特麗切整個人像彈簧一樣彈起身子，並且猛轉過頭。

「瑪、瑪瑪、瑪琪雅・歐蒂利爾？」

她超乎預期的反應讓我默默偷笑，結果被她狠狠瞪了一眼。

「我才要問妳，為什麼會出現在王都？妳不是應該回鄉下去了嗎！」

「我剛才還跟愛理大人一起待在王宮裡耶，妳都沒注意到我？」

「愛理大人……妳跟救世主大人在一起？」

貝亞特麗切的表情霎時一暗。

是怎麼了？她看起來不像跟愛理小姐有什麼交情。

「對了，妳手裡拿著什麼？」

「啊！這是……」

貝亞特麗切把手中的東西藏往身後。

就我剛才匆匆一瞥，似乎是個小小的胸針。

「幹嘛藏起來？看在我們互為死對頭的分上，拿來瞧瞧呀。」

「誰、誰沒事會跟死對頭分享啊！」

雖然嘴上這麼說，她或許是看我一臉好奇，便畏畏縮縮地將那樣東西拿給我看。

那是一只款式簡約精巧的蛋白石胸針，礦石帶著偏藍的冷色調。雖然看不出是女用或男用，但顯然是價值不斐的高檔貨。

「唔哇～好美的蛋白石，妳果然穿金戴銀呢。」

「這、這個……才不是我的啦！」

「是喔？」

「我只是跟人家借用，現在拿來歸還罷了。但是遲遲沒能遇到對方，看來無法如願了。」

「嗯哼……這樣喔。」

大費周章跑來王宮一趟，到底是為了把東西還給誰？

「啊哈！我看一定是情人吧？」

我故意逗了貝亞特麗切一下，沒想到她瞬間漲紅了臉。

「才、才不是呢！什、什什、什麼情人……真是太離譜了！」

這羞澀的反應超乎我的預期，而且按照慣例賞了我一句「真是太離譜了！」

然而她的表情漸漸轉為感傷且空洞……

「怎麼可能是什麼情人……那位大人對我來說，早已是遙不可及的存在了。」

她喃喃自語著。

貝亞特麗切將胸針緊握在胸前，擺動著一束金色長髮，並踩著清脆的腳步聲離去。她的那位小管家正在另一頭等候。

那番話，究竟有什麼含義呢？

第三話　救世主的守護者們（下）

盛夏時分的米拉德利多。

街道上高彩度的建築物與裝飾，以及進入花期、四處盛開的向日葵，在豔陽高照之下，打造出更加燦爛奪目的街景。

今天我受到救世主愛理的邀請，前往出席茶會。搭乘鳳尾船穿過交錯於建築物間的水路，走過有遮蔭的街道，此刻我正在前往王宮的路上。

入宮需要專用通行證，我在成為守護者後也有配給到。

這是我頭一次登上愛理小姐平時起居的地方——北宮殿裡的頂樓樓層，我的通行證被衛兵反覆檢查了好幾次……

一抵達最高樓層，我就被一位沒打過照面的高大女僕擋住去路。

「呃，那個……我是受愛理大人之邀前來。」

「愛理大人？我並沒有接到這樣的通知。」

對方身穿黑色女僕裝搭配白圍裙，頭髮整齊地紮進白色女僕帽裡，從頭到腳都是最標準的女僕造型。

但她卻有雙銳利的眼神與低啞嗓音，體格精壯，鼻子上還有條筆直的傷疤。全身強烈散發出「絕非善類」的氣場……

「啊，瑪琪雅小姐！抱歉呀，我睡過頭啦！」

我微微窺見穿著連身裙睡衣的愛理小姐出現在女僕身後，相當手忙腳亂。

她立刻換好衣服，朝我奔上前來。

「我幫妳介紹一下，這位是女僕長庫菈麗莎，負責幫我管理底下的女僕們。庫菈麗莎是個女強人，什麼事都難不倒她。或者應該說是超人？不過有一點愛嘮叨就是了。」

這位名叫庫菈麗莎的女僕長，仍用威懾的態度俯視我，然後開口。

「原來如此，您就是最後一位守護者，瑪琪雅‧歐蒂利爾小姐是嗎？我一直想找機會幫您指導指導，服侍愛理大人時該懂的一套規矩。」

「欸！庫菈麗莎，瑪琪雅小姐可不是女僕耶？」

「守護者是救世主最忠誠的僕從。無論遇到何種狀況，都必須寸步不離，為您鞠躬盡瘁。就算是貴族世家的千金，也不能對愛理大人沒大沒小、任性妄為，否則我會很為難的。」

看來這個人已經得知我身為守護者的事實了。

她這種充滿刺探的口氣與嚴厲的眼神，不知道是出自對貴族千金的壞印象，還是單純針對我這個人。

至於我，反正暑假期間也沒事好做，只豁達地心想來場女僕職業體驗也不糟。然而——

「但今天的重點是茶會啦！快去準備準備！」

愛理小姐拉起我的手，帶領我前往她個人專用的寬敞陽台。

那裡擺著白色的室外花園桌，據她所言，平常會在這裡與守護者們共進午茶。

「呼……庫菈麗莎那個人真的很死腦筋又偏激，抱歉呀，瑪琪雅小姐。」

「不……怎麼會呢。」

「我跟妳說喲，庫菈麗莎真的很厲害！聽說她原本是王宮裡最頂尖的魔法兵，之前曾有一名女僕企圖暗殺我，她不顧性命保護了我。鼻子上的疤痕也是當時留下的。」

我們在花園桌前就座，等待茶飲與點心上桌。愛理小姐用撐在桌上的手托著臉頰，趁這個空檔跟我娓娓道來那位深受信賴的女僕長。

這麼說起來，之前好像確實聽聞過救世主被一名女僕暗算的消息……

接著她繼續告訴我，過去這段時間身為救世主的她與守護者們一同克服了多少關卡，攜手解決了多少事件。

愛理小姐的存在一直保密到夏季舞會當日才公開。所以，在那之前的亮眼表現，並沒有多少人知情。不過聽她說起來，似乎確實經歷了許多大大小小的風波。

從怪盜手中奪回王都美術館的失竊寶石、潛入詐欺店家揭發其惡行、將襲擊近郊村落的盜賊集團一舉擊潰……

「托爾他呀，也常常順著我無理取鬧的要求，為我兩肋插刀。之前被一群男盜賊擄走時，托爾他也不顧一切地來解救我，而且不惜挺身保護我而弄傷了背。他真的非常英勇……」

「原來……是這樣呀。」

托爾背上的每一道傷痕都有其原因，刻下他所經歷過的每一個事件。

他應該受了很多皮肉痛吧。既然會留下疤痕，也就代表分身乏術的他連處理傷口的時間都沒有吧。明明現在只要利用魔法或是魔法藥，就能完好地治癒。

我握緊放在膝上的手，拚命掩飾五味雜陳的情緒。此時，女僕們正好端著茶具組前來。

茶具組是來自王宮的御用品牌，茶葉則是一等一的高級貨。眾女僕板著撲克臉在我們面前開始泡起紅茶，並將裝滿各式點心的三層架放在桌面中央。

這些甜點有別於我平時吃的鄉村口味，充滿都市的高雅氣息。

水亮亮的蜜瓜鮮奶油蛋糕、王都特色甜點檸檬派、巧克力橙皮條，以及各種可愛貝殼造型的瑪德蓮蛋糕……琳瑯滿目的甜點擺在眼前。

其中有個綠色的蛋糕特別吸引我的目光。

「哇～～好美的綠色。」

「對呀對呀！我最推薦的就是這款開心果慕斯蛋糕！聽說是路斯奇亞王宮內的傳統甜點，常用來招待外賓。」

「開心果的確是米拉德利多這裡的特產呢，與檸檬、橄欖並列其名。」

這道開心果慕斯蛋糕似乎要搭配覆盆子淋醬一同享用。

把附屬小瓶內的鮮紅色果醬淋在蛋糕上，鮮豔的綠紅對比彷彿一場視覺饗宴。欣賞完再嘗一口，濃醇且綿密的開心果慕斯入口即化，豐富的香氣隨之擴散。這短暫的午茶時光，是何等的至高享受。

口感優雅但容易失去存在感的慕斯，在酸甜的覆盆子淋醬襯托之下，風味變得更加鮮明，合奏出令人耳目一新的美味瞬間。

「好驚人……」

沒錯，這美味甚至令我失去表達能力。

「呵呵呵，我第一次吃到的時候也很驚豔。因為我在原本的世界裡從未嘗過這麼美味的蛋糕，不過，有時候還是會懷念起那邊的食物呢……」

愛理小姐吐出憂愁的嘆息。

這樣的心情我也再清楚不過，但仍佯裝無知地開口問她。

「您在原本所處的世界裡，平常都吃些什麼呢？」

「嗯……還是米飯類居多吧。路斯奇亞王國也有米飯料理，但還是跟日本有些差異，真希望這裡有我想吃的壽司或咖哩飯。」

「壽司、咖哩飯……」

「啊，妳應該有聽沒有懂吧。我也無法清楚說明這是什麼樣的料理，害王宮的御廚很傷腦筋。」

「……」

不，我都懂——無論是原本那個世界的飲食，還是那股思鄉之情。

最近我才弄到了白米，還使用杏桃仿製了醃梅乾，想辦法成功還原梅乾飯糰。

我也好懷念壽司跟咖哩飯的滋味啊。

但心裡同時也明白在路斯奇亞王國這裡，想要吃到這些東西並不簡單。

「愛理小姐曾有過想回到原本世界的念頭嗎？」

這是我一直以來的疑問。

那一天，那一刻，在那個地方，她確確實實中了刀傷倒地不起才對。

但是她跟我的狀況似乎不同，並非經過投胎轉生後來到這裡。

面對我的發問，愛理小姐表示——

「不，從來沒有。雖然唯獨在吃的方面會不時懷念，但比起那種地方，梅蒂亞這裡的生活快樂多了。畢竟這是我理想中的世界，在這裡，我能實現所有想像，並且成為所有人心中不可或缺的存在……」

她邊說邊垂下視線看著眼前的紅茶。

「可是，那邊應該也有人在等您回去……」

「瑪琪雅小姐。」

愛理小姐喊出我的名字，打斷了我還沒說完的話。

我有點錯愕，但她仍保持和藹的笑容說道：

「以後講話要不要省去敬語？我想和瑪琪雅小姐成為立場對等的朋友。」

「省去敬語……嗎？」

這提議好嗎？我試著稍微想像一下說話不用敬語的狀況……

「這樣鐵定會被吉爾伯特責罵呢。」

見我臉色鐵青，愛理小姐便拚了命似地試圖說服我。

「吉爾那邊我會好好跟他說明的！好嘛？以後妳也直接叫我愛理就好了？我也想喊妳作瑪琪雅。」

「可是……」

「瑪琪雅這名字雖然很特殊，但發音很好聽呢。該說很有魔女的氣質嗎？」

聽她這麼一說，我才想起……

還在前世時，跟我最要好的田中同學也曾提議過，改用名字稱呼彼此。

當時我搖頭拒絕了她。

無論是摯友還是兒時玩伴，我都不允許他們這樣叫我。因為我莫名不滿意自己的名字，抗拒被這樣稱呼，但是……瑪琪雅這個名字我卻很中意。

「我明白了。那麼，以後在兩人獨處時，請恕我直呼您……愛理。」

「真的嗎？」

「嗯嗯。至於我，您隨時都能叫我瑪琪雅。」

愛理露出滿面笑容喊了一聲「瑪琪雅！」

她就像隻親人的幼犬一樣惹人疼愛。

「我們從今以後就是朋友囉！請多多指教了，瑪琪雅！」

「……」

理所當然地，她與「田中同學」一樣親切友善，非常擅長拉近與他人之間的距離。

這樣天真無邪的她，曾讓過去的那個我——「小田一華」多少獲得一些救贖。就如同此刻的我，也得以稍稍重溫前世的友誼記憶。

因為愛理這些童真與過於直率的一面，是前世那個活得一本正經又嚴肅拘泥的我所缺乏的特質。

如今她處於「異世界救世主」的立場，也讓我眼中的她更添神聖的光環。

「但是，無論如何請容我繼續使用敬語。我想還是這樣比較能讓最重視愛理的吉爾伯特殿下保持心平氣和。」

「……總覺得對妳很不好意思呢，瑪琪雅。妳肯定認為吉爾是個愛找碴的傢伙對吧？畢竟他總是針對妳。」

「這、這個嘛……」

無法否認。每次見面就要受他一番冷嘲熱諷，確實讓我累積不少壓力。

「吉爾確實脾氣不好，但他非常認真勤勉又專心一致，還有顆細膩的心。他的疑心病會如此重，是因為他很清楚必須隨時保持警戒，才能守護好所有人事物。」

她蹙眉露出微笑，將臉頰旁的側髮勾往耳後，同時為我說明。

「我呀，受到了這樣的吉爾許多幫助。」

愛理也深深信賴並理解吉爾伯特王子。

所以那個人才會把她捧在手心上呵護吧。

不是因為救世主這個身分，而是把她視為一位女孩子。

茶會結束後，我又被愛理帶著四處晃晃，走在王宮內的長廊。

「這不是組長嗎？嗨。」

一位再熟悉不過的男子，踩著輕佻的步伐從長廊另一端迎面而來。

「弗雷，你怎麼會出現在這裡？」

「還問我為什麼，好歹我也是這裡的五王子呀～」

「啊，對耶。」

他在我們石榴石第九小組裡的定位，是個喜歡大姊姊的輕浮男，所以我壓根兒忘了。眼前這位與我同學年的弗雷・勒維，其實是路斯奇亞王國的五王子。

原本在魔法學校裡隱藏王室身分的他，在前次舞會上公開露面後，基於各種因素，便於暑假期間回到宮內的樣子。

「我才要問組長妳怎麼在這，因為舞會的事情被叫來了嗎？」

「呃，這個嘛……」

我身上出現守護者紋章一事，目前還處於保密階段。

但對方是五王子，對他三緘其口也很奇怪……

「瑪琪雅、瑪琪雅。」愛理從後方輕戳了戳我的肩膀呼喚我。

我急忙向愛理介紹弗雷。

「不好意思，愛理。這位是弗雷，啊，還是應該叫你弗雷殿下比較好？」

「為什麼還需要懷疑啊？」

弗雷輕輕敲了一下我的頭，目睹這一幕的愛理咯咯笑出聲。

接著她把雙手背在身後，抬頭仰望著身材高挑的弗雷並問道：

「你是之前在那座無人島上解救了我的其中一位男孩對吧?當時跟瑪琪雅一同在場。」

「對的。我是弗雷・勒維・勒・路斯奇亞，是路斯奇亞王國的五王子。很榮幸能再次見到您，救世主愛理大人。」

噢噢，平常明明那副沒出息的樣子，一換上王子該有的體面打扮，搭配得體的舉止應對，看起來還真有王室成員的架勢啊。

「呵呵！沒想到你竟然是路斯奇亞王國的王子殿下，真意外。」

「畢竟我平常也幾乎不會在王宮裡出沒嘛～」

弗雷的態度與口氣仍維持老樣子，在這充滿緊繃感的宮中，莫名令我感到一陣安心。

愛理在他面前似乎也能侃侃而談。

「唉～是說呀，我真的恨不得早點回學校去耶。」

弗雷突然唉聲嘆氣，往後靠著一旁的牆面開始發起牢騷。

「嗯？發生什麼事了？弗雷。」

「我呀，在母親被趕出王宮後就失去靠山啦～所以每個人都對我很冷淡。與其待在這裡，我寧可回魔法學校去。存在感低得剛剛好的尼洛啦、用令人興奮的鄙夷眼神視我如垃圾的勒碧斯小姐啦、還有平時跩得要命但偶爾有點用處的組長啦，跟你們這些人待在一起還比現在好上幾倍。」

「嗯？你剛才說我怎樣？」

「我稱讚妳是個有用的人才啦。啊～啊～暑假怎麼還不快點結束～」

不，那才不算稱讚咧。

不過我的確很好奇尼洛跟勒碧絲此時此刻在做些什麼，不知道是不是正在跟家人共度悠閒時光呢？真想快點與他們重聚啊。

「啊，吉爾！」

愛理雀躍的聲音讓我與弗雷一驚，雙雙聳起了肩。

因為我們都感應到一股類似敵意的氣息從背後逼近，由此推測出那位吉爾伯特王子正踩著粗魯的步伐朝這裡前進。

沒錯，吉爾伯特王子最討厭的就是我，還有他同父異母的弟弟弗雷。

「辛苦了，吉爾！最近這陣子看你好像很忙，今天有空陪我嗎？」

「抱歉呀，愛理，待會兒我就得離開了。決定於我國舉行的友盟國高峰會的籌備工作，由我負責進行。」

他伸手碰觸愛理的肩，在她面前用寵溺的表情好聲好氣地說話。然而……

對我們卻是一臉凶狠地瞪過來，絲毫不掩飾心中的厭惡。

「弗雷，你這傢伙待在這幹什麼？」

「沒幹嘛，跟救世主大人還有我們組長開開心心聊個天而已呀～」

弗雷依然故我，口氣還帶著挑釁。

「你那什麼態度，我就是看不慣你那副德性，弗雷！像你這種不正經又放浪不羈的男人，不許在愛理身邊打轉！」

「什麼打轉，別把人家講得像隻蒼蠅似的，你這人還是一樣難搞耶。」

弗雷邊把瀏海往後撩起，邊斜眼看著自己的兄長。

「不只針對我，你還衝著那邊的瑪琪雅小姐跟那位奴隸出身的騎士找碴對吧。兄長大人的心思真是有夠好猜。」

「你……你說什麼？」

「被兄長大人敵視的目標，全是出身背景有些苦衷，但能力卓越的人才。身為王室成員的尊嚴交雜著自卑心，讓嫉妒轉變成了憤怒。是說你憑什麼當上守護者？明明對魔法一竅不通……」

「住嘴！」

吉爾伯特王子一把揪住弗雷的衣領，見兄長如此反應，弗雷回以得意的表情。

現場氣氛彷彿一觸即發，我在旁替他們捏一把冷汗，然而——

「你們兩個都別吵了。」

愛理用一如往常的平靜聲調制止了兩人。

「好好相處啦，這一次就看在我的面子上，好嗎？」

「愛理……」

不知何時，我們周遭已站滿看熱鬧的王宮傭人們。

吉爾伯特王子與弗雷似乎對彼此還有意見，但在愛理純真的笑容面前再也吵不下去。真是高招……

兩位王子的口角已經平息，旁邊看戲的觀眾們卻仍留在原地躁動。就在此時——

「小姐、小姐，我感覺到有水系魔法的動靜啵。」

「……咦？」

波波太郎不知何時輕巧地爬到我肩上坐著，直盯著某個方向瞧。

我也循著牠的視線望過去，在擁擠的人群中，我發現某個物體閃著一道亮光。
強烈的恐懼頓時侵襲而來，我放聲大喊——
「愛理，快趴下！」
我推了愛理一把，就在下一刻，看似銳利細刃的物體從我身旁飛過。
刀刃飛往正後方，隨即化為氣體並消散於空中。
這道魔法稱為「霧刃」，是不會留下證據的魔法小刀。
霧刃是魔法師使用於暗殺目的的高階「水」系魔法，有時也會添加毒素，溶入霧的水分子裡。
霎時迎面襲來的這股來自水的強大「敵意」讓我心有餘悸，現在仍止不住顫抖與雞皮疙瘩。
我勉強開口命令波波太郎「去追蹤水魔法的軌跡。」牠回答一聲「遵命」便踏著小巧的步伐穿過層層人海而去，小心別被踩扁了啊。
「所有人都不許動！犯人就躲在人群裡！」
吉爾伯特王子的聲音響起，他高聲下令把在場所有人抓起來。
王宮的長廊陷入一陣騷動。
「組長！喂，妳還好吧？」
沒想到弗雷會擔心地衝上前來關心我。
「我沒事，稍微擦過了袖子而已。」
「不是呀，妳渾身發抖個不停耶。」

「這應該是身體對水魔法產生的排斥反應吧。你想想，因為我是『火』之寵兒啊。先別說這些了，愛理大人呢……」

愛理原本一臉慘白地看著我，沒多久之後皺起臉，手緊抓著制服裙並開口說：

「妳根本不用救我的！」

「……咦？」

「我又不會死！我才不稀罕瑪琪雅妳對我做這些！」

「……」

她的聲調裡帶著一股怒氣。

無法理解對方意思的我不知所措，接著發現一道鮮血靜靜滑過自己的手臂……

剛才還毫不在意傷勢的我，突然之間全身無力，原地往後一倒。

「喂，組長！組長！」

隱隱約約能聽見弗雷的聲音。

我的視線穿過人群的腳下，看見一頭金色長髮並身穿翠綠禮服的人影，正從遠方的長廊轉角處窺視著我。然後，對方逃離了現場。

那是……貝亞特麗切・阿斯塔。

「啊～啊～我很喜歡這件衣服耶，回去之後得縫補一下了。」

袖子的部分被狠狠割開。打道回府的我走在王都的大街上，邊摸著被割壞的衣袖邊回想剛才發生的事。

在那之後，我被送往醫務室，隨即便恢復意識。

據說擦過手臂的霧刃並未含有毒性，我只是單純一時受驚而昏過去。

王宮內仍一陣譁然，衛兵們正地毯式搜索覬覦愛理性命的犯人，然而遲遲未有結果。

聽說愛理的情緒有點不穩定，被女僕長庫菈麗莎小姐帶往安全處，由聚集到場的守護者們進行嚴密的保護。

想必她受到了不小的驚嚇吧，不過我更在意的是……

「為什麼……愛理會那麼生氣？」

匡……匡……匡……

我的呢喃消失在米拉德利多宣告日落的渾厚鐘聲中。白鴿群似乎被陣陣鐘響驚動，振翅飛過深紅色的天空。

鐘聲來自迪莫大教堂。

之前我也曾在那裡的頂樓找到弗雷，並且延攬他加入小組。

「大教堂啊……」

平時總是單純路過門口的我，此刻不知為何起了進去瞧瞧的念頭。

總覺得心煩意亂，內心有股沒來由的不安。一方面也是想轉換心情，而且想尋求一些答案與指引。

教堂的大門敞開，我舉足踏入其中。

裡面的格局寬敞且挑高，焚香味讓室內充滿神聖的氣息。

人們零星地坐在其中，各自閉著眼睛、交握著雙手獻上禱告。

微暗且靜謐的空間裡，沒有任何人在意我的出現。我的內心因此平靜許多。

「……」

夕陽照進被稱為玫瑰窗的圓形大花窗，以米拉德利多之藍為基調，在昏暗的地板上投映出相同形狀的光暈與繽紛色彩，伴隨著寂靜一同迎接我的到來。

我站在絢麗奪目的光影所沉澱的地板上，仰頭望向玫瑰窗。

偌大的花朵在黑暗中綻放，據說同時象徵著梅蒂亞這個世界的形狀。

看起來也有點像屬於某種尊貴化身的眼睛。雖然我並非虔誠的梵斐爾教徒，但確實感受到一種神聖的注視。

「這間迪莫大教堂是祭祀法律與祭祀之神『帕拉・托利塔尼亞』的修道院。」

背後傳來的聲音劃破寂靜，我驚訝地回頭。

一位主教站在柱子陰影所籠罩的暗處。

對方身穿一襲氣派的白色主教服，頸部垂掛著灰色的長帶，頭上戴著附有薄紗的主教冠。

他手裡還握著主教權杖，權杖的頭部是有點特殊的紫萁螺旋狀。從執杖這點看來，可能是來頭不小的高階主教。

然而我卻幾乎看不清這位主教的臉，因為對方遲遲未從陰暗處現身。

「妳是盧內・路斯奇亞魔法學校的學生吧。瞧妳心亂如麻的，是為煩惱所苦？反正肯定是為了一些無聊透頂的男女情愛傷神吧。如果是其他事情，要我大發慈悲聽聽妳傾訴也不是不行。」

「……什麼？」

他的惡劣態度簡直不像主教該有的樣子，讓我深深困惑是不是自己的耳朵聽錯了，歪頭陷入疑問。這個人真的是主教大人？

「嗯？妳手臂受傷啦？從傷口看來，是被投擲的利刃弄傷的吧。區區一個小丫頭，看來是個夠格的暗殺目標啊。」

「咦？呃……」

主教大人伸手指向我身上被割破的衣袖，這個人眼睛還真尖。

「被鎖定的目標……正確來說應該是，我的主子，這樣。」

「哈！」見我含糊其詞，對方嗤笑一聲。

「原來如此，所以妳捨身護主是吧。」

「捨身護主？」

在與他對話的同時，我突然反思起來。

當時我無意識地做出了反射動作。

基於愛理是我前世的好友？

還是因為她身為救世主？而我是守護者？

『我才不稀罕瑪琪雅妳對我做這些。』——她當時這麼說。

那愛理到底期望我怎麼做？

「哼，迷途的羔羊啊，儘管煩惱吧。幾經苦惱思索，最後被突破沸點的焦躁給悶熟了，本大爺就大發慈悲，搭配巴薩米克醋好好享用妳這道悶烤羔羊吧。」

「……梵斐爾教的神職人員可以吃葷嗎？」

「啥？問什麼廢話！不吃大魚大肉要怎麼強健體魄啊，這樣哪能成為鐵打的男子漢！真不懂妳在瞎扯什麼。不過嘛，本大爺已經是所向無敵的強者就是了。」

「……」

教會裡的主教大人有必要鍛練肉體，成為鐵打的男子漢嗎？

「噢噢對啦，就是這個了！有什麼煩惱，只要鍛鍊身體就能解決一切，就是所謂的抒發壓力啦。給我多吃點大魚大肉，還有訓練肌力！這就是本大爺賜給妳的開示，咯哈哈哈哈！」

「呃，好的，夠了，我明白了。謝謝。」

這個滿腦子肌肉的主教到底是怎麼回事？別在這種神聖莊嚴的場合放聲大笑好嗎？

我不時往大門方向偷瞄，巴不得趕快伺機離開。然而——

「喂，我說妳。以後又有什麼問題的話，記得過來啊。聖域的大門永遠無條件為所有尋求救贖的眾生而開。但是呢，如果來的是墮入惡道的混帳東西跟無藥可救的人渣畜生，本大爺我會親自動手殺了他。這才是『Ｍａｙｄａｙ』——所謂真正的救贖，咯咯咯……咯哈哈！」

主教大人邊發出高亢且令人難忘的邪惡笑聲邊離開現場，同時還用手裡的主教權杖粗暴地敲擊地面。

先不論內心是否藏著算計，原本以為貴為主教的神職人員至少在表面上會是品行端正的聖人，這還是我初次遇見一看就似乎並非善類的主教。

不過，說不上來為什麼，就算是那種荒唐的說教，也讓我心中的負擔減輕了一些。

甚至還心想，閒暇時也來試著鍛鍊一下肌力好了。

「唔哇……」

一走出大教堂，便看見天空呈現藍紫交融而成的漸層，一道濃橘色的夕陽餘暉從遠方灑下。這幅動人美景令我莫名懷念，為心頭添上一股愁緒……

驀然之間，我感受到夏天即將結束的預兆。

第四話　新學期與馬鈴薯專題研究

暑假來到最後一天。

我站在「玻璃瓶工房」的窗邊，這座工作室儼然已成為我們石榴石第九小組的活動據點。我喝著溫熱的葵花茶，放空眺望午後的海景。

這是我摘下夏天盛開的向日葵，將花瓣乾燥後所製成的花茶。搭配檸檬皮一起放入玻璃茶壺內沖泡，即可享受賞心悅目的透黃色與清爽香氣。

我的心情則與花茶的怡人芳香相反，陷入短暫的沉思。

愛理在王宮長廊上遭人暗算。

當時我為了保護她而受傷，後來也多次被傳喚入宮並接受騎士團的詰問，說明現場事發經過，但其實遲遲未有機會見上愛理本人一面。

據悉，由於救世主暗殺未遂事件就發生在宮內，她被下了外出禁令。不過，也有可能是愛理本身不想見我。

畢竟我惹她生氣，搞不好已經被討厭了……

聽說目前是由托爾擔任她的全日貼身護衛。

我跟托爾也一直沒機會碰面，而且在愛理身邊幫忙照料起居的女僕與傭人們之間謠言四起，說這次事件是我為了出鋒頭而自導自演的一場戲，而對我總是冷眼以待。

原因在於當時查覺到霧刃存在的就只有我一人，而且那霧刃也不具毒性，還有就是因為愛理當時大發雷霆。

大家說我這個愚昧歐蒂利爾家的女兒，精心策劃這場戲以建立功勳，巴結救世主大人。

太荒唐了！啊啊～真是荒謬至極。

就算要自導自演好了，有誰會對著自己放出霧刃啊。說起來，水魔法原本就是我的罩門耶！

當時關心我傷勢的人，頂多只有弗雷一個了。

「心情真鬱卒啵……」

波波太郎癱軟無力地坐在我趁暑假期間幫小倉鼠們打造的寬敞遊樂區裡，盯著某個點進入放空狀態，連眼睛都沒眨一下。

「波波太郎那時候如果找出犯人蹤跡，小姐您就不會被大家懷疑了啵。一切都是波波太郎不好……我是個失職的精靈……嗚嗚嗚～好鬱卒啵～啵啵啵啵啵。」

「波波太郎～你別當機了吱。」

咚助拍了拍波波太郎蜷縮得圓圓的後背安慰牠。

原來倉鼠也會有心情憂鬱的時候啊……

「波波太郎，別太自責了。單純只是有人想陷害我罷了。無論我怎麼做，那些人肯定都會有意見。」

「小姐……」

見小倉鼠雙雙露出沮喪表情，我露出微笑並用指尖幫牠們搔了搔癢，兩個小毛球便原地翻肚滾來滾去，惹人疼愛。真是我的小可愛。

好了。明天也要開學了，我也必須好好收心才行。

於是我開始做起簡單的伏地挺身，畢竟那位主教大人也提醒我肌力訓練很重要。

「……妳在幹嘛？瑪琪雅。」

「啊，尼洛！」

尼洛不知何時出現在門口！

被他看見我的奇怪舉動了，但這不是重點。我激動地朝他跑過去。

「你回來啦、你回來啦！我好想你耶～」

「怎麼？妳還真是肉麻耶。」

頂著一頭白金髮色與冷淡的臭臉，身上穿著尺寸寬鬆的西裝外套，這就是我所認識的尼洛・帕海貝爾。

尼洛是我們石榴石第九小組的成員之一，也是以榜首之姿通過入學考的高材生。

但他有時會翹課，選擇埋首於自己的研究與先進魔法道具的製作，也算是個不良學生吧。

「回老家有好好休息放鬆到嗎？」

「……算有吧。」

「令尊令堂是從事哪種行業啊？這麼說起來，我從沒聽你提過家人的事情呢。」

我自動自發地幫尼洛準備葵花茶與點心，還一邊關心他的近況。

「我沒有父母。」

但我真是的，好像不小心問了不該問的問題。

「原、原來是這樣……抱歉。」

「這也不是什麼不能提起的傷痛啦，反正我還有哥哥。」

尼洛用稀鬆平常的態度接過茶杯後，站在窗邊凝望著大海遠方，同時靜靜啜飲葵花茶。

尼洛的哥哥啊……不知道是個怎樣的人。

「既然暑假有好好回去一趟，代表令兄身邊對你來說還是最溫暖的家吧。」

我也站在尼洛身旁瞄了他一眼。對於我的發言，他若有所思似地回答：

「……也對，或許真是這樣吧。」

不知為何，尼洛呢喃的口氣彷彿如今才體悟到這點。

唯獨在此刻，他的表情也隨之多了一份純真的稚氣。我感覺自己目睹了難得一見的畫面。

「啊，點心還有很多喲！有黑棗果醬派啦、黑櫻桃水果塔啦、紅茶燉蘋果塊啦，還有檸檬奶油餅乾之類的。」

「……妳最近是熱衷於做甜點嗎？」

「暑假這段時間我閒得發慌啊，因為錯失了返鄉機會。雖然我的手藝沒有家母那麼精湛，但好歹有依照食譜製作，應該不會失手才對。」

只是看食譜有樣學樣的我仍得意洋洋，就在我吹嘘的同時——

工作室門口附近傳來一陣聲響。

「我回來了，瑪琪雅妳在嗎？」

將黑長髮綁成三股辨，高挑纖細的美少女現身了。

是我的室友，勒碧絲・特瓦伊萊特。

「勒碧絲！勒碧絲勒碧絲勒碧絲！妳回來啦！歡迎回來歡迎回來歡迎回來！」

「呃，是的。我……回來了。」

我表達思念的方式太咄咄逼人，讓勒碧絲也有點嚇到。

我毫不在意地熱情招呼她到桌前坐下，替她準備葵花茶。我也累積了好多好多事想跟勒碧絲分享。

「暑假期間妳去了哪些地方？」

「我想想……有回去祭拜祖墳之類的。」

「啊啊，對耶。畢竟正值祭祖的季節。」

其實路斯奇亞王國並沒有相當於日本的「盂蘭盆節」，但我仍無意間脫口而出。

尼洛跟勒碧絲的反應似乎也僅止於「瑪琪雅又在說些莫名其妙的話了」如此而已。

「唉～我也好想回家啊……回到德里亞領地。」

我手撐在桌面上托著臉頰，思慕起遠方的故鄉。

德里亞領地雖是個鳥不生蛋的偏鄉，但我想念我的父母，也想念那片鹽之森與祖母大人。

於是我大吃了一輪充滿家鄉味的甜點。

自從那次舞會以來，我感覺到自己變得沒事就容易肚子餓，食量也變得更大了耶……

「是說，瑪琪雅妳為什麼留在學校啊？」

「咦？呃，這個嘛……」

尼洛會產生疑問非常合理，因為我一直沒說明未能返鄉的原因。

但我不知該從何說起，畢竟守護者的事情目前必須保密。

「喲，你們是不是遺忘了某人啊。」

「啊，弗雷。」

那個男人挑準了絕佳時機登場。

在門邊擺了個耍帥姿勢的人，是我國的五王子。介紹完畢。

「我在王宮裡不知道跟你碰頭幾次了，如今重逢也沒有特別的感慨呢，弗雷。」

「哈！真巧，我也深有同感呢，組長。」

弗雷保持手插口袋的姿勢走下階梯，一屁股用力坐在尼洛旁邊。

「對了，你們的伴手禮咧？」

接著他還開口向返鄉組索討土產。

「欸，妳看看，堂堂我國王子正在強逼人民納貢喔。」

「真是難看呢……」

我與勒碧絲竊竊私語，接著發現只有尼洛一個人驚覺到什麼，表情沉了下來。沒想到他隨後這麼說：

「抱、抱歉，我完全沒想到伴手禮這件事……」

「啊，呃，沒什麼啦……我開玩笑的！你不要這麼認真地沮喪啦，好不好？」

弗雷慌慌張張地替洩氣的尼洛圓場。

這兩人也開始散發出好搭檔的氣氛了呢。

我再次替石榴石第九小組全體成員的重聚感到欣慰。

「好～既然組員都到齊了，下學期也繼續一起努力吧。真期待開學呢！」

「呿，有幹勁的也只有組長一個人了。」

「畢竟弗雷同學是翹課跟上課打瞌睡的累犯嘛。」

雖然被勒碧絲吐嘈，弗雷仍得意洋洋地嗤鼻一笑。

「你們啊，根本不知道下學期的可怕才敢說那種話。進入下學期，各科教師可不會手下留情的。目前為止的課程與作業內容，我認為都算是有放水囉。」

「你……記得去年下學期出過什麼課題作業嗎？」

面對尼洛隨口的疑問，弗雷不知為何困惑地「咦？」了一聲。

「呃～我想想，是什麼來著？我記得有一個超狠的才對……應該是太狠了以至於我完全失憶這樣……」

「什麼？你到底在鬼扯啥？」

都重讀一次一年級了，看來弗雷還是想不起來他所謂的超狠課題是什麼。害我被他激起莫名的擔憂……

算了，沒關係。反正盧內・路斯奇亞魔法學校的教師陣容，也不可能出一些能讓學生提前準備接招的簡單任務。

於是我們四人搭配著花茶與點心，暢聊了各種不重要的話題。一個多月沒見，果然累積好多想說的話。

好啦，盧內・路斯奇亞魔法學校的下學期課程即將展開。

我的任務是成為更強大的魔女，不用托爾保護也能活得好好的。

與石榴石第九小組成員們攜手努力，保持優秀成績，或許，就能更靠近那個理想中的自己一步吧。

畢竟我立志成為獎學生的目標，現在仍然沒有改變。

「從各位的表情跟體態，就能清楚看出你們在暑假期間過得有多放縱、多鬆懈頹廢。」

下學期的第一堂「魔法體育」，就在法蘭雀斯卡・萊拉老師毫不留情的指謫中開課。

萊拉老師以前曾在王宮內擔任魔法兵，現在則是換上一身亮眼黃色運動服的女教師。

她一手拿著擴音器，向我們宣布本學期第一項任務。

「有鑑於此，現在就派你們去採收校內的檸檬，並運往島上的集散場。全程禁止使用魔法，評分標準依照檸檬總重量依序排名。」

「咦咦咦咦咦咦咦！」

這根本只是把檸檬的收成工作丟給學生做吧？

雖然大家心裡如此想，但這種話誰也不敢說出口，只好乖乖聽話背起竹簍，跑遍整座島採收檸檬並運往集散場。

隔天，所有人全身肌肉劇烈痠痛，拖著身軀要死不活地在校園遊蕩，形成一片詭異的光景。

「接下來～大家期待已久的『魔法藥學』課要開始囉。下學期的第一堂課就來帶大家認識『休普安眠藥』吧。魔法安眠藥只要透過技術高超的魔法師精準調配，甚至能具有設定睡眠時數與夢境內容的精密藥效。安眠藥的種類琳瑯滿目，首先從最經典的休普系列開始學習。雖然難度比較高，請大家先從最簡單、睡眠時數較短的種類來挑戰吧。」

由梅迪特老師授課的「魔法藥學」，從下學期起展開進階的魔法藥實作課程。

魔法「安眠藥」有許多不同種類與流派，其中以休普系列為主流，普遍使用於各種用途。

比方說，可以運用在為失眠者提供精準的睡眠時數、強制入睡、重返醒來前的美夢等等。當有需要回溯久遠記憶時，安眠藥也可以幫得上忙。聽說手藝精湛的魔法師所製作的休普安眠藥，還可以從他人夢境裡汲取資訊。

「那麼，休普安眠藥的主要材料是什麼呢？來，湯瑪士・克雷布同學請說。」

「呃……休普系列的話呢，會使用到休普諾利亞這種花的花蜜與香精油。休普諾利亞的香氣具有催眠的魔力……發現這種植物功效的是梅黎里夢特・梅迪特——」

「好，到這裡就行了。謝謝你邊偷瞄課本邊作答。」

梅迪特老師舉起一隻手，打斷了男同學的回答。

接著他露出略帶自豪的表情說：

「沒錯，這些休普系列的魔法安眠藥，被公認為我們梅迪特家偉大的先祖所發現的藥方，也是廣受愛戴的暢銷商品。但是，所有藥品都必定伴隨著副作用。那麼，瑪琪雅・歐蒂利爾小姐，請回答休普系列魔法安眠藥的副作用是什麼？」

梅迪特老師有個討人厭的習慣，每當輪到難度稍高的問題時，總會點名要我回答。

但我是無懈可擊的。

「是。若未遵照正確的服用劑量與方法，攝取過量休普系藥品，將有可能導致精神退化，也就是行為能力會回到幼齡狀態。以前我曾看過海盜大叔嗑了太多休普系安眠藥，結果像個嬰兒一樣匍匐在地，發出咿咿唔唔的聲音。實在很丟人！」

「沒錯，完全正確～」

我使出渾身解數作出的回答，獲得梅迪特老師的掌聲。

「各位同學，如果不想丟人現眼的話，就要依照老師的說明來製作，並且遵守服用劑量與方法。明白了嗎？」

講堂上的所有同學們都不寒而慄，恐怕是忍不住想像起自己露出那副糗態的畫面吧。

「各位同學好！在上學期的『魔法世界史』，帶各位認識了梅蒂亞神話學。十柱神最終引發『巨人族戰役』，這場大戰就結果來說讓神話時代走向沒落。這也是下學期第一次突襲小考中出現的考題，答題正確率只有百分之五十。咳咳……答題正確率只有百分之五十的那題！」

擔任「魔法世界史」講師的魔女瑪麗・埃利希老師重新強調了最後一句，再用犀利的眼神掃視同學們。

這一題的「巨人族戰役」這專有名詞容易讓人搞混，所以才拉低正確率吧。不過呢，我當然有答對就是了。

「下學期的課程總算要邁入人類的時代了，來認識眾神所留下的唯一希望──『魔法』是如何豐富人類時代的。」

在魔法世界史中，時代的主角從神明轉移為人類。

人類失去了眾神的領導，但是被賦予了魔法，偉大的魔術師也開始嶄露頭角，刻劃歷史的軌跡。

「一年級要學習的範圍，主要有三個時代。分別是一千年前的『魔法黎明期』、五百年前的『魔法大戰期』，以及三百年前的『魔法革命期』。」

沒錯。一千年前的「魔法黎明期——金王與銀王」開啟了魔法世界史上最關鍵的時代。

因為於此之前的時代以精靈信仰為主，魔法師大多是效命於君王的神官，幾乎無人在歷史中留名。

然而就在一千年前，兩位偉大的魔法師登上王座並開啟了新的時代，讓所謂的魔法、魔術成為爭奪世界霸權的重要因素。

「金王」與「銀王」將魔法用於戰爭中，彼此展開爭奪「聖地」的戰役。在經歷漫長的烽火後，最終「銀王」敗北，他過去積極推動的某種魔法被視為禁術而遭到封印，相關文獻也幾乎全數遭到燒燬。「金王」所葬送的魔法到底是什麼，成為魔法界最大的謎團。

再來是五百年前的「魔法大戰期——三大魔法師」的時代。

此時代是魔法世界史中發展最蓬勃的盛世。

「黑之魔王」創造「空間魔法」成為現代尖端魔法技術的先驅。

「白之賢者」確立了「精靈魔法」，使其自成一門全新的學術類別。

「紅之魔女」則潛心於被視為鍊金術分支的異端魔法「命令魔法」。

而這三人的競爭讓魔法技術急遽發展，迎向全新的階段，發展出眾多不同的專業分支。

至於在魔法世界史的觀點中，若要選出最重要的一個時代，那就是三百年前。

也正是「魔法革命期——兩大聖者」的時代。

當時出現了「藤姬」，帶領受專政所苦的西方福萊吉爾民革命起義；還有一位創立梵斐爾教國作為信仰總部的「聖灰大主教」。

「兩大聖者」救贖陷於苦難的人民，發起扭轉時代的革命，與恣意作亂的「三大魔法師」猶如天差地別。

尤其是被譽為聖女的「藤姬」才色雙全，其美貌甚至留下諸多軼事，讓她每年穩坐「歷史上最受歡迎大魔法師排行榜」的冠軍，受後世愛戴的程度可見一斑。

她就相當於是梅蒂亞的聖女貞德吧。

秋意漸濃，路斯奇亞王國正迎接各種作物的收成祭。

來到這個時期，小麥、南瓜、馬鈴薯、葡萄、蘋果與西洋梨將會一躍成為王都米拉德利多的主角。這些作物不僅會在市面上直接販售，也將製作成甜點或料理，讓大家一嘗當季美味。

緊接著在下個月，還有場慶祝豐收的盛大祭典。

本季能採收的農作物以及這個時期開始進行釀造的葡萄酒，都是很重要的外銷商品。因為農業與葡萄酒釀造業是路斯奇亞王國的兩大產業，活用了我國豐富的自然資源與精靈及魔法的力量。

因此，我們一年級生來到盧內・路斯奇亞魔法學校所有的馬鈴薯田，進行「魔法藥學」、「魔法世界史」與「魔法家政課」三學科聯合課程的環節之一。

以石榴石為象徵的一年級學生們穿著沾滿泥土的農耕工作服，精疲力盡地癱坐在地。

「各位同學聽這邊，大家有沒有挖到很多馬鈴薯呢？幹完粗活之後是不是累得半死呀？接下來要公布新的課題，請各位在原地等候。」

教授「魔法藥學」的梅迪特老師手執擴音器傳達事項，並用令人火大的笑容掃視累到動彈不得的學生們。

接著他把擴音器遞給旁邊的「魔法世界史」專任教師，瑪麗・埃利希老師。

埃利希老師舉起一顆大大的馬鈴薯。

「馬鈴薯對梅蒂亞來說是相當重要的農作物。在『魔法世界史』課上也告訴過大家，在神話中，馬鈴薯被視為是豐收女神『帕拉・狄蜜特麗絲』所創造的第一種作物，所以才會在豐收祭上被奉為『神聖的食物』，比起小麥、南瓜與葡萄還要更受到重視。」

埃利希老師做完以上說明，又將擴音器還給梅迪特老師。

「從『魔法藥學』的觀點來說，馬鈴薯的嫩芽有毒性，利用魔法增強毒效或改變其毒素性質，便可製作出各種魔法毒藥。然而，馬鈴薯作為食材也很萬用，主成分為澱粉所以易於消化、又含有頗豐富的魔質——也就是體內魔力的生成來源。說明到這裡，機靈的各位或許已經發現了，下一項課題就是跟馬鈴薯有關。」

「咦，馬鈴薯？」

學生們紛紛抬起頭。

馬鈴薯是要如何融入魔法學校的課程內容裡？

梅迪特老師將擴音器遞給另一位在旁等待的女老師。

她是負責副科課程「魔法家政」的莎拉・波妮特老師。怎麼說呢，感覺是位散發母性、溫厚可愛的女性。

「在豐收祭到來前，希望大家可以懷抱著感恩的心，盡情品嘗今天收成的馬鈴薯喔～」

波妮特老師的口吻就如同外表給人的感覺一樣溫柔親切。她繼續補充：

「這次的課題就是將馬鈴薯運用在各位的日常飲食中，並進行深入研究。在場的同學之中，有些應該從未親自下過廚吧？這樣下去可是不行的喔。畢竟料理這門學問包含了許多魔法的原始元素。」

大家面面相覷。

盧內・路斯奇亞魔法學校的學生有一大部分來自不錯的家庭，從未好好進過一次廚房的少爺與千金應該不少。

不過，魔法與料理確實存在著一些共通點。擅長魔法的魔法師，通常廚藝也不錯。

這也不令人意外。畢竟調配素材、熬煮或火烤，這些步驟在魔法的操作上也很常見。

經過以上說明，下學期的第一項分組作業——「魔法世界史」、「魔法藥學」與「魔法家政課」三學科的聯合課題已正式宣布，就是「馬鈴薯專題研究」。

這份報告的提交期限定於下個月的豐收祭，約有長達一整個月的時間可以進行。

此次專題研究的達成條件如下。

・每天使用馬鈴薯親自製作三餐，禁止購買外食與學生餐廳。

・用校方配給的校內通用貨幣「盧內」，在校園內的店鋪購買食材等所需物資。於校外購買食材一律自費。每日支出必須詳細記錄。

・計算每日飲食中的魔質含量，拍下餐點照片並整理成書面報告。

各小組被配給了一整袋滿滿的馬鈴薯以及魔力驅動相機，我們抱著這些東西回到玻璃瓶工房。

事不宜遲，石榴石第九小組的四位成員全數就座，面對面展開討論會議。

「這次的課題，光是要達成目標就有一定難度了，不知道評分重點會放在哪裡……」

尼洛皺起眉頭，露出一言難盡的表情。

他雖然是個資優生，但這類型的課題似乎並不屬於他的擅長領域。

「平常去學生餐廳吃飯，日常飲食算是某種程度有人幫忙進行控管。但接下來的一個月，得全靠自己親力親為了對吧。認識飲食中攝取到的魔質含量，或許能藉此多長點有用的知識。」

魔質——這個世界的食物等物體中蘊含的物質，也是人體內魔力的來源。

馬鈴薯之所以被譽為神聖的食物，正因為其魔質含量是眾所皆知地豐富。

魔法師要補充消耗的魔力，就必須從飲食中攝取魔質，並藉由睡眠等方式修復身體，讓魔質在體內轉換為魔力。

雖然也有速效型的回復體力魔法藥，但這類藥劑終究也是從自然界中的作物萃取魔質製作而成。因此，先熟悉各種作物分別含有多少魔質，是很重要的預備知識。

「對了，之前在魔法家政課上有學過，魔法師一天必須攝取的魔質量大約是兩百馬吉司。」

「所以必須計算三餐分別需要攝取的量囉。」

我與尼洛對彼此點點頭，這想必是左右分數的重點吧。

雖然課題條件中並未點明，想必老師在審核報告時一定會檢查每日魔質攝取量是否達標。

「那個，抱歉岔個題，說起來校內通用貨幣又是什麼？待會兒好像要去管理大樓領取耶。」

「喔喔，這個啊。學校裡有一種稱為『盧內』的貨幣。」

見勒碧絲發問，弗雷便從自己的胸口裡掏出錢包，從中拿出有別於路斯奇亞王國貨幣的硬幣與紙鈔。

「這就是學校發行的盧內幣，從一年級下學期開始能使用。只要是學園島內的商店都通用，至於學生自行經營攤商時，還會限制只能以盧內幣交易，買方當然也必須使用盧內幣來購物。盧內幣可以在畢業時跟學校兌換為現金，所以每逢這個時期，高年級生就會廣開店鋪，為的就是掏空一年級生的荷包。」

原來如此，簡單來說「讓學生們熟悉校內貨幣的運用」也是本次課程的用意之一吧。魔法師雖然屬於學術研究型工作，但若沒有足夠的生意頭腦，未來要混口飯吃大不易，所以這個課程也能帶領高年級生熟悉商業運作模式。

總之，透過這次小組會議，我們對課題的方向與評分重點有了一些眉目。

第一、全體組員是否同心協力準備每日飲食。

第二、是否將馬鈴薯融入一日三餐，且充足攝取兩百馬吉司的魔質。

第三、是否已熟悉校內貨幣盧內的使用，並於一個月內保持收支平衡。

這次的課題應該會就書面報告內容來評比以上三點，經過綜合計算之後打分數吧。

「沒問題，這課題對我們來說相對有利。盧內・路斯奇亞魔法學校的學生大多是有錢人家的少爺與千金，沒下過廚的占多數吧。我們之中會做菜的人舉手！」

我喊了一聲「我」並舉起手，其他組員則一片沉默。

「我怎麼可能會下廚啊。」弗雷說。

「我也不太會……應該說，滿有障礙的。」尼洛說。

「其實我也是。」勒碧絲說。

除了我以外的三人都一個樣。

「嗯，先暫停一下。我的廚藝也不是多高超啦，沒看食譜的話也做不出來。呃，你們未來都立志成為魔法師沒錯吧，以前從沒有做菜的機會嗎？」

三人直直點了一下頭。我的天啊。

不過，他們都是在都市長大，不像我這種鄉下人需要自己準備三餐吧。隨便上個街，到處都有賣美味佳餚。

而且聽說米拉德利多這裡的居民，基本上都是買外面的熟食回家解決。

「唔、唔唔唔……莫名有點不甘心。我明明也是個貴族千金啊……不過沒關係！」

雖然有點亂了分寸，我還是搬出「紅之魔女」的食譜書用力放在桌上。

組員們湊近看著書本。

「雖然都是些有年代的料理，不過老祖先的食譜道道營養豐富又美味，並且活用各種食材喔。」

「呃。紅之魔女的料理，感覺吃了就會倒大霉。」

「弗雷，你平常偷吃的各種鹽蘋果甜點，可全都是出自這本食譜。」

「我們也做得出來嗎……」

「別擔心，勒碧絲。大家一起分工合作，沒什麼難的。」

我沒打算挑選多複雜的料理來製作。

畢竟手上的盧內有限，得盡可能用最低成本搞定才行。

「可是，要每天持之以恆親手準備三餐，是有點吃力呢……」

對於尼洛的擔憂，我回答。

「是沒錯，但只要一次準備多天份的配菜放著吃，早餐跟午餐盡量從簡，應該就沒問題了。反正早上本來就趕著上課，中午休息時間也很短嘛。這樣各位明白了嗎？」

「……明白。」

他們三個像孩子般乖巧地點頭。

身為未來的魔法師，他們個個都是前途無量的人才，但面對這次的課題卻難掩不安，還真有趣耶……

於是，我們石榴石第九小組便在摸索中展開「馬鈴薯專題研究」這個無止盡的挑戰。

校內通用的「盧內」幣在當天內發放完畢，每組共能領到四千八百盧內。

我們必須將一個月份的伙食費控制在這個預算內。

學園島宛如自成一個小型市鎮，生活機能完整，舉凡麵包店、蔬果鋪、肉鋪、魚鋪與香料行等等一應俱全。

但正如弗雷所言，現在這個時期，島上到處都是高年級生開設的千奇百怪攤販市集，充斥於熙來攘往的廣場、橋下、建築物的牆邊以及工作室等各種地方。

「走過路過不要錯過！啊，那邊的一年級，要不要來點起司啊！我們家的起司延展性一級棒！」

「天啊真是太神奇啦！只要灑上這款調味料，誰都能變身大廚！咦？你問我這裡面加了什麼香料？這可是商業機密喲。」

「甜椒跟櫛瓜現在買最划算喔～還多送一顆柳橙喔～」

「馬鈴薯專題研究引發小組內鬨的原因排行榜，第一名就是誰負責洗碗啦！魔法洗碗機，現在竟然只需一千五百盧內就能帶回家！」

在研究室內製作的加工食品、精心開發的調味料、田裡採收的蔬果、料理用途的餐具與烹飪器材，以及各種便利的魔法小物，都趁這個時候推出來賣。

其他還有像是優格啦、醋漬蔬菜啦、咖啡豆啦，還有罐頭食品等各種食品專賣行……

來自東方國度的留學生似乎也賣起了異國風調味料，令我很感興趣，但遍尋不著他們在哪裡擺攤。

目不暇給的同時，組員們還是各自買好了戰利品，我也買齊了預計會用到的所有食材後回到工房。

接下來，今天的首要任務就是先確認素材本身的味道以及魔質含量，於是我們把馬鈴薯蒸熟後加上蒜味奶油醬再灑上鹽，完成最經典的奶油馬鈴薯。另外還搭配一整盆的燙綠花椰菜、香草香腸、水煮蛋以及烤鹽蘋果。

用魔力驅動相機拍下菜餚照片後，我們邊用餐邊嘗試各種調味方式。美乃滋、胡椒鹽、蜂蜜、番茄醬、芥末醬……

「這樣吃起來也是滿有一回事的呢。」

我優雅地拿起刀叉享用鬆軟的馬鈴薯佐上融化的蒜味奶油醬。嗯，當季收成的小馬鈴薯好甘甜。

「一顆馬鈴薯的魔質含量大約有二十三馬吉司，在蔬菜中算是相當高的了。」

「尼洛同學，你的隱形眼鏡能用來估算嗎？」

「是呀，剛才我已經把書上的食物魔質含量表看過一遍，全都記錄起來了。」

「噢噢……真是可靠……」

真沒想到尼洛的技能在這種時候能派上用場……

按照一般狀況必須逐一查找，但現在只需要請尼洛看一眼餐點，似乎就能估算出料理中的魔質總含量了。

「那綠花椰菜的話有多少？」

弗雷拿起燙過的綠花椰菜沾上美乃滋後扔入口中，同時發問。

「綠花椰菜一棵有七馬吉司，香草香腸則是一條五馬吉司。雞蛋每顆十馬吉司……噢噢，鹽蘋果一顆就高達三十馬吉司，真驚人耶。」

原來如此。各種食材含有的魔質多寡，似乎的確有頗大的差異。

馬鈴薯的魔質含量眾所皆知地豐富，雞蛋也還算不錯，鹽蘋果則是特別突出。不愧產自有魔力寶庫之稱的鹽之森。

「魔法師一天必須攝取的魔質為兩百馬吉司以上……看來多吃點馬鈴薯跟鹽蘋果比較好呢。畢竟若要靠其他食材達標，想想好像滿困難的。」

「可是啊，課題條件是每日三餐都要吃到馬鈴薯對吧？我可是靠這高挑的身材維持身價的，吃胖了可就傷腦筋啦。」

「並沒有人關心弗雷同學你的身價……不過，馬鈴薯的確是澱粉的化身呢。」勒碧絲說得對，弗雷的身材不是重點，但馬鈴薯吃太多有發胖的風險。

「應該不需要每餐都以馬鈴薯作為主食吧？再說，馬鈴薯吃太多的話，就只能自己少吃點麵包跟義大利麵囉。」

「咦咦咦咦，義大利麵可是米拉德利多人的靈魂食物耶？我一天要是沒吃上一次義大利麵，會活不下去的！」弗雷抗議。

「我也想每天吃點麵包。」尼洛表示。

「我早上習慣吃燕麥片……」勒碧絲說。

多虧大家迫切地提出訴求，我開始摸透他們的飲食習慣了。

這也無可厚非啦。每個人都有自己習慣的飲食模式，對食物的喜好也見仁見智。

「那不然，就這樣決定吧——早餐吃麵包或燕麥片，午餐就吃義大利麵。這樣也比較簡單，只要做一些果醬、醬料啦，還有馬鈴薯跟蔬菜類副食當成常備菜，就能快速搞定一餐。」

比如說，早上喝杯馬鈴薯濃湯配土司，午餐挑自己喜歡的義大利麵種類搭配一小碗馬鈴薯沙拉，晚餐就好好做一頓以馬鈴薯為主角的餐點。

「每週先擬好當週份的菜色，要採買的食材清單就更明確，也可省去不必要的花費囉。」

「有道理耶！這個點子好，尼洛。」

這次的課題恐怕同時也在考驗學生的規劃能力。

經過討論後，我們先把每天要吃的配菜暫定為三樣左右，然後動手試做明天早午兩餐所需的份。

第一道製作的配菜是使用鹽味檸檬美乃滋調味的馬鈴薯沙拉。裡面添加了豐富的蔬菜與火腿，在主餐缺少足夠的馬鈴薯與蔬菜時搭配這一道，或許是個不錯選擇。

接下來準備的是彩蔬燉雜燴，這道菜在路斯奇亞王國也是經典的鄉村料理之一。將茄子、櫛瓜與甜椒等蔬菜加上蒜頭與橄欖油小火慢炒，讓甘甜味徹底釋放之後，再加入番茄一起慢火燉煮而成。把這當作常備菜之一，在缺乏蔬菜時搭配享用應該不錯。

下一道是脫水優格。與其說是配菜，正確來說是當成甜點享用。

把校內市集買到的優格用棉布過濾掉水分，就能得到紮實且濃厚的口感。一人份的優格約有九馬吉司的魔質，含量算豐富。想補足一天所需魔質時，應該可以吃一點。之前在夏天做了大量的鹽蘋果果醬跟蜂蜜漬檸檬，就拿來淋在優格上消耗完吧。就決定這麼辦。

接下來，總算正式展開為期一個月的「馬鈴薯專題研究」。

第一天　焗烤肉醬馬鈴薯（滿滿的起司很不賴）

第二天　厚切培根高麗菜馬鈴薯蔬菜燉湯（營養又健康）

第三天　烘蛋（雞蛋加馬鈴薯做成的歐姆蛋）

第四天　炸魚薯條（充滿罪惡感的最強美食）

焗烤、歐姆蛋與蔬菜燉湯都是「紅之魔女」食譜書裡也有記載的傳統料理。

總之，前三天執行起來還算順利。但是……

來到第四天，弗雷不知道跟哪位高年級學姊溜去玩了，於是我、勒碧絲還有尼洛三人一起開心享用了細切薯條與炸鱈魚排，也就是所謂的炸魚薯條。雖然是垃圾食物，但卻有著令年輕人無法抵擋的美味，味道跟滿足感都是滿分。

至於弗雷，我們才沒替拋下工作的傢伙多留一份炸魚薯條，只擺了一顆蒸過的馬鈴薯給他。自隔天起，弗雷變得認真多了。

第五天　香草檸檬風味烤雞肉馬鈴薯（滿好吃的）
第六天　蒜味奶油炒玉米馬鈴薯（就差醬油這一味……）

我們依照這樣的步調，將每日飲食記錄整理成報告。

並且為料理好好拍下照片，仔細計算其中的魔質含量。

組員們各自發揮所長，互相協助。

舉例來說，尼洛用他的巧手做了能維持食物美味的包裝紙與保鮮盒，甚至連高年級之前開天價強迫推銷的那種洗碗機也難不倒他。勒碧絲雖然極度不擅長削蔬果皮，但是非常會開罐頭，也從未把鹽跟糖搞錯。弗雷總是分不出鹽跟糖，但意外地擅長削皮，對料理擺盤也莫名有一番品味。

雖然也曾有過摩擦，進而引起口角甚至爆氣扭打成一團，我們仍勉強順利度過第一週。這時候大家也漸漸能適應分工合作的模式了。

來到第十天……

才剛過一星期又多一點，我們已經對馬鈴薯感到厭倦。

光是看見那土黃色的塊狀物就覺得反感，對於那鬆軟的口感更是敬謝不敏。

再加上隨著日子一天天過去，菜色缺乏變化度的問題逐漸浮上檯面。還只是學生的我們並非什麼專業大廚，一星期過後，靈感也差不多開始匱乏了。

即使如此，我們在借助「紅之魔女」食譜的幫忙下，仍做了不少努力。但我的老祖先們或許不太喜歡吃馬鈴薯，相關的食譜並不是多豐富。

夕陽西下，我們在工房內集合，沒勁地討論著今天該如何「馬」一下。就在此時，正在逗弄我的小倉鼠們的弗雷開口說：

「欸，對了，是說那個『玉棋』也是用馬鈴薯做的沒錯吧？好痛！這隻可惡的倉鼠仔竟然敢咬我！」

弗雷出其不意的提議，有如醍醐灌頂。

「玉棋指的是把馬鈴薯搗成泥並加上麵粉做成的麵疙瘩，也是義大利麵的一種對吧？那不然今晚就來做做看？」

「玉棋喔……至今我仍無法理解那道食物。」

尼洛的發言也令我深表認同，玉棋的確是很神奇的料理。

「今天採收了好多羅勒葉跟小番茄，要拿來用嗎？」

勒碧絲今天正巧摘了許多工房窗邊的羅勒長出的嫩芽，並且收成了好多小番茄。她把裝滿一竹簍的作物拿來廚房給我們瞧瞧。

就在我拈起竹簍裡的羅勒葉確認香氣的同時……

「對了！來做青醬口味的玉棋吧！」

「噢噢，青醬……」

「這個我可以。」

青醬是將羅勒葉搗成泥狀後製作而成的美味醬料，由於非常適合搭配義大利麵享用，在我國深受喜愛。

於是我們馬上分配好各自的工作，著手進行料理。

男生組負責在一樓的工作桌把水煮過的馬鈴薯搗碎，女生則在地下室的廚房製作羅勒青醬。

把現摘的羅勒葉仔細清洗過後瀝乾水分，加上鹽、蒜末、乾炒過的松子以及起司粉，利用風系魔法的氣旋密封起來進行攪打。在濃稠的綠色膏體中加入橄欖油混合以讓風味均勻，青醬便大功告成。

裝瓶之後大約可保存一個星期，看來這週可以享用各種青醬料理了。

「你們那邊搗完馬鈴薯了沒？」

「早就搞定了。」

走上一樓確認負責搗碎馬鈴薯的男生們進度如何，發現他們連過篩的步驟都完成了。過篩的馬鈴薯泥加入麵粉、橄欖油與鹽巴混合均勻後揉捏成團，便能製作出玉棋的麵糰。

將麵糰塑型成棒狀，從兩端切成一口大小。

接著出動所有組員，一起把分切完的小麵糰揉成圓球狀，再使用叉子的背面壓上紋路並整成橢圓形。

將做好的玉棋下鍋水煮，煮熟後立刻起鍋沖冷水降溫。

同一時間，用平底鍋將青醬與對切的小番茄下鍋加熱後，再放入剛才煮好的玉棋。

最後刨一點起司絲下去，與青醬、小番茄攪拌均勻便大功告成。

「完成了！好棒好棒！」我興高采烈地說。

「賣相看起來挺不錯呢。」尼洛也相當讚賞。

「我還是第一次親手做出玉棋這料理。」勒碧絲似乎很有成就感。

「我已經快餓死了……」空腹的弗雷精疲力盡。

新鮮小番茄青醬玉棋義大利麵。

組員們馬上圍著桌子，把事前做好的配菜與冷泡花草茶擺好之後準備用餐。

不出所料，大家一致先品嘗玉棋，體驗到充滿彈性的驚奇口感之後，表情瞬間一亮。

「扁平狀的玉棋充分裹上青醬跟起司，非常美味呢。」

「新鮮的羅勒香氣直通鼻腔。」

「番茄的酸甜讓容易平淡膩口的玉棋增添亮點與水嫩感呢，而且番茄搭配羅勒青醬是掛保證的美味。」

勒碧絲、尼洛與我發表完感想後，由弗雷為這道料理帶給我們的感動作出結語。

「最棒的是，這玉棋吃起來完全沒有『馬鈴薯』的存在感啊。」

沒錯，這是最令人感激的一點。

對於已經開始厭倦馬鈴薯料理的我們來說，這道料理在口感跟味道上都提供了有別於馬鈴薯的全新感受，讓我們獲得救贖。

「做得這麼成功真是太好了。」我說。

「在這次課題期間內再做一次來吃好像也不錯。」勒碧絲說。

「全要歸功於提出這主意的我吧？好好感謝我啊。」弗雷開始邀功。

「……果然是個神祕的食物，包含口感各方面。」尼洛至今仍無法理解玉棋。

這次的「馬鈴薯專題研究」雖然是個棘手的課題，但在四處碰壁的過程中絞盡腦汁，與組員同心協力之下造就一道美食的這個瞬間，我覺得還不賴。

老實說，自從展開這次課題後，隨時會注意自身魔質攝取狀況，讓平時的魔法表現也更加穩定。

我深刻體會到日常飲食之於魔法師的重要性，同時也在料理過程中增進與同儕間的情誼，一起度過相同的時光。

這也將成為一幕美好的青春回憶。

「啊啊啊啊！」

正當我們心滿意足地用完餐，咬著鹽蘋果片等各種餐後點心時，我才想起一件驚人的事實。

「怎麼了？瑪琪雅。」

「糟了啦，勒碧絲！我們忘記拍照了！」

「啊。」「啊……」

所有成員都陶醉於美味中，以至於壓根兒忘記拍下報告用的照片。

這大概也算是一幕青春的回憶……吧。

第五話　小丑事件

秋意漸濃，最近的氣候十分舒適宜人。

起了個大早的我先去慢跑，再到熟悉的工房裡進行簡單的肌力訓練。

結束以上行程後，便展開獨自一人的早餐時間。今天吃的是昨天剛做好的常備菜「鮮蝦馬鈴薯沙拉」，搭配起司一起夾麵包享用。鬆軟的當季小馬鈴薯與口感Q彈的蝦肉是完美組合；調味則使用手工製作的鹽味檸檬美乃滋，濃醇又帶點酸酸甜甜的風味太棒了。

而且這馬鈴薯沙拉三明治很適合配上一杯濃濃的熱咖啡。最近我慢慢學會喝一點黑咖啡了，不再加上大量的蜂蜜跟牛奶。

啊，還要記得用學校提供的魔力驅動相機拍張照片……

「好！我吃飽了！」

我速速填飽肚子，並且鼓起幹勁。

今天是假日，組員們各自有私事要忙，吃飯時間也分散開來了。

我也計畫好今日要去探望一下好久不見的救世主愛理。

桌上擺著德里亞領地的特產——鹽蘋果。

之前我曾跟愛理提過鹽之森與生長於當地的鹽蘋果的話題，當時她似乎聽得津津有味，所以我才打算做點吃的帶去給她。

鹽蘋果雖然也能直接生食，但味道帶點酸，拿來入菜更能發揮其美味。至於說到最能品嘗鹽蘋果美味的經典甜點，那就是……

「果然還是鹽蘋果蛋糕吧。」

在路斯奇亞王國這裡，蘋果蛋糕同樣也是自古以來熟為人知的一道鄉村甜點。在我家則是使用鹽蘋果來製作，是最經典的家傳口味。

鹽蘋果蛋糕也是過去那位紅之魔女的拿手料理，配方就記載於食譜書裡的鹽蘋果分類中第一項。說到這才想到，自從得知這本羊皮食譜書裡藏著日記內容後，我還沒試做過鹽蘋果蛋糕。

於是我馬上在工作室的廚房裡著手製作這道甜點。

將鹽蘋果削皮並去芯後切成薄片，浸泡檸檬原汁備用。

麵粉先過篩一遍備用，再另取一個調理盆，把雞蛋與砂糖打發，再來就是毫不手軟地加入大量融化的奶油……

「這種時候，我的體質也能派上用場呢。」

沒錯，我是【火】之寵兒，伸出手心朝向個別裝盤的奶油，口中念誦著「融化吧、融化吧～」就能輕鬆搞定。將融化後的奶油、牛奶與香草精倒入剛才的蛋液裡混合均勻，此時再加入過篩後的麵粉再次攪勻。

為求增加蛋糕體的蓬鬆度，可以添加泡打粉或小蘇打粉，這兩樣材料在路斯奇亞王國這裡也買得到。但我現在試做的版本是依照五百年前的食譜配方。

紅之魔女並沒有添加那些材料，而是單純使用了「魔法」。

「梅爾・比斯・瑪琪雅——膨脹吧，像棉花般輕柔、如白雲般蓬鬆。」

施加這道魔法後再灑上肉桂粉，盡量灑個夠。

肉桂是一種能提升料理魔法效果的香料，自古以來就受到魔女的重用。而且肉桂味跟蘋果也是絕配，將剛才醃漬過的蘋果片連同檸檬汁加入麵糊裡混合均勻，再來只需倒進長方形烤模內烘烤即可。

工作室裡備有魔法烤窯，就送進去小火慢烤。

等待的空檔，我繼續進行其他工作。

其實我從梅迪特老師那裡拿到大量的葵花籽。老師負責管理校內的葵花田，所以濫用職權偷偷塞給我。

我要使用這些葵花籽來榨油。因為我們的小天才尼洛同學只用一個晚上的時間，就搞出一台魔動榨油機。

葵花油可以拿來烹飪，正巧我們目前在進行「馬鈴薯專題研究」，每天需要開伙。現在有免費的油可以用，也能節省一點開銷。更重要的是，葵花籽還含有豐富的魔質。

帶有淡淡光澤的葵花油，滴滴答答地落入榨油機的玻璃瓶中……

「啊……鹽蘋果蛋糕！」

不知不覺間，香甜的氣味已瀰漫整間工作室。

烤窯裡的鹽蘋果蛋糕此時也可以出爐了。

我將蛋糕取出，冉冉上升的香草香氣令我不禁「嗯～」地悶哼了一聲。

就是這個沒錯。回憶起母親大人以前為家人烤鹽蘋果蛋糕時，屋內也會傳來一樣的香氣，讓我開始滿心期待，然後托爾就會自動自發地準備泡茶。

我將現烤出爐的蘋果蛋糕切成平整的形狀，多出來的邊角就成了我的點心。

鹽蘋果蛋糕還帶著餘溫，裡面烤得熟透的果肉從切面流出，乍看之下並不輸給我們家裡做的。

「我要開動……啊，對了對了，這時候必須翻開食譜書再吃。」

這是紅之魔女食譜書的規矩。

做好料理或甜點之後，翻開記載該配方的頁面再享用，書頁上便會浮現紅之魔女的日記文字。

好了，開動吧！我翻開食譜後吃了一大口鹽蘋果蛋糕，甜度或許有點過頭，但別有一番溫醇又鬆軟的美味，令人想來杯濃濃的熱茶。

「啊，是日記！」

鹽蘋果蛋糕的食譜頁面似乎藏有紅之魔女的日記，文字開始躍然紙上，經過碰撞與組合之後平息下來，過去的日誌內容隨之顯現。

日記本你好。

我想今天會成為永生難忘的日子吧。這是我第一次受到如此屈辱。

都怪那個男人說我拿手的鹽蘋果蛋糕有毒，扔進深谷之中。

好久沒有這麼難過了。痛徹心扉。

但是，誰也不會知道我的悲傷，包括他在內。大家都覺得我沒血沒淚吧。

我是邪惡的魔女，壞人是不會傷心的。

如果真是這樣該有多好。

補記　我發現覬覦魔王城的人類在外面鬼鬼祟祟，便把那些傢伙變成一塊塊的鹽岩了。誰叫他們剛好撞見我哭泣的摸樣。

咒語如下。

瑪琪．莉耶．露希．雅——鹽之冠破碎的夜晚，誰也不許看見我的淚。

「……」

這是繼上次的鹽蘋果汁之後，第二次在食譜裡找到新咒語。

但這些新發現已不是重點。只是閱讀日記中的文字，就讓我的內心莫名被悲傷情緒占據……不知何時之間，淚水已奪眶而出。我緊緊揪住自己的胸口。

滾燙得令人心痛的淚珠灑落在羊皮書上，我急忙擦乾淨。

「我、我到底是怎麼了？」

我用手胡亂揉著泛淚的雙眼。

是先祖留在日記裡的悲傷，讓我感同身受了嗎？

但我感覺到自己曾在某處目睹過相同的「光景」。

毫無頭緒。到底是何時來著？在拭去淚水的眼底深處，我看見了理應不存在於記憶中的銀白色冰雪世界。

這究竟是……怎麼回事？

「愛理大人今日公務繁忙，無法接見賓客。」

我捧著裝了鹽蘋果蛋糕的竹籃進城，來到位於北宮殿最頂樓的愛理住處，卻在女僕長庫菈麗莎面前吃了閉門羹。

看來今天也無望見她一面。

「請問，愛理她……愛理大人一切安好嗎？」

「是的，健康狀況並無異常。有騎士們輪班站崗，進行護衛工作。」

「這樣子啊……」

那為什麼愛理對我避而不見？

還來不及提出這個疑問，庫菈麗莎小姐便留下一句「那就先告辭了」打算離去。

「呃，那個！我做了這個要拿來給愛理大人。」

我急忙遞出竹籃，庫菈麗莎小姐看了一眼，用略帶嚴厲的口氣告訴我：

「愛理大人能入口的食物，只限於在我們所管控的廚房內製作的料理。畢竟愛理大人好幾次都險些被毒害。」

「原來如此……非常抱歉。」

仔細想想，我隨便帶食物過來實在是很冒失的舉動。

庫菈麗莎小姐大概還信不過我吧，她會不會也懷疑我就是放出霧刃的犯人？

「那我先告辭了。」

我鞠躬行禮後便離開現場。雖然那道守護者紋章就烙印於胸前，但我目前依然被當成局外人對待。

就連救世主與其他守護者們的近況動態，我都一無所知。

或許一部分也是因為我還要上學吧。但周遭人的眼神冰冷依舊，我現在似乎仍是個不討喜的人物。

我帶著裝有鹽蘋果蛋糕禮盒的竹籃，拖著無精打采的腳步走出王宮，在王都大道上沿著有遮蔭的路線前進。

烤好的蛋糕該怎麼處置才好？就按照慣例跟組員們一起吃掉吧。

感覺弗雷那傢伙會嫌棄「怎麼又是鹽蘋果！」而且……

「我……被跟蹤了？」

有個人影從剛才就一路尾隨我，我能感覺到一股異樣的注視。

身處大馬路上，後面有同方向行進的路人也很正常。但背後傳來的敵意實在過於清晰，對方散發出的魔力令我背脊發寒。

是為了讓我有所查覺，才刻意做得這麼明顯吧。

我暫時停下腳步，吞了一下口水之後，一股作氣轉過身去。結果——

「咦？」

真的有人。一位身穿無袖連帽上衣搭配窄管褲的男子，看起來並非善類。

從那蓋住頭頂的帽兜裡，可以微微窺見他留著灰色短髮，有雙一綠一藍的異色瞳眸，正瞪著我看。

男子毫不掩飾地咧嘴一笑，露出銳利的獠牙，彷彿鎖定獵物的野獸。而且手裡還拿著亮晃晃的小刀甩呀甩。

像這種藏不住殺氣、擺明就是匪類的傢伙，一般來說肯定是小嘍囉等級。但是……

對方朝我走來的態度實在過於光明正大，於是我逃進一旁的窄巷。

不知為何，由磚瓦鋪成的巷道上四處散落著氣球。我一面把氣球踢開，一面只顧著往前跑。

剛才的男子，就外觀看起來像是受僱於人的職業殺手。

尾隨我的目的到底何在？難道他是上次在王宮覬覦愛理性命的犯人？

對方身上散發的魔力意外地精鍊，直覺告訴我並非泛泛之輩。

這種情況下與其正面對決，逃跑才是上策。我不停地奔跑，就在我邊留意身後動靜邊拐進轉角時——

我頓時屏息，目瞪口呆。

「！」

氣球。

站在前方的，是一位手拿氣球的藍色小丑。

一股寒意流竄全身。驚訝與恐懼更讓我一時鬆懈，被對方施以高階的「束縛魔法」，無法動彈。

被擺了一道！剛才的男子是為了把我逼進巷內的幌子，真正的敵人想必早在這裡守株待兔。

我陷入腹背受敵的狀態，還中了束縛魔法，動也不能動。

「你、有何……目的？」

「……」

我勉強開口擠出聲音，試圖弄清對方來意，但藍色小丑不發一語。

未以真面目示人的他戴著整張塗白的面具，面具上的眼睛帶著笑意。他頭上那頂如王冠般呈現多角狀的小丑帽，讓他的造型更顯詭異。

藍色小丑靜靜放開手中所有氣球，把戴著手套的手伸向我。

我咬緊牙根，狠瞪著朝我逼近而來的他。與此同時仍保持冷靜，嘗試將魔力集中在右手上以解除束縛魔法。

敵方將雙手伸向我的脖子，是打算把我掐死嗎？

不過，只差一點……就快成功解開了！

「啪！」就在藍色小丑的手幾乎碰到我時，不知從哪裡傳來氣球的爆破聲響。

束縛魔法也應聲解除。我敏捷地舉起右手，抓住對方露在袖口外的手腕。

這是我平常教訓壞蛋的方法。原本打算按照慣例，用【火】之寵兒的發熱體質燙傷對方，但是──

「？」

奇怪，我的高溫並未見效？

小丑的另一隻手伸了過來，被我驚險閃過。我將手抽離並往後退，接著拔下一根頭髮。

「梅爾・比斯・瑪琪雅——烈焰之矢啊，貫穿吧！」

我伸出手指筆直指向小丑，放出一道細長的「烈焰之矢」。

利用自身髮絲作為媒介的火箭矢細而銳利，貫穿藍色小丑的肩膀，熊熊火焰開始從傷口蔓延。

小丑並未發出哀嚎，不過這種一般的魔法在他身上似乎管用。

這是以上次我在夏季舞會上施展出的「紅之魔女」專屬魔法為基礎，加以研究並調整出自己可駕馭的變化版。

雖然無法使出上次那一招，但只要利用頭髮為媒介施展炎系魔法，就能發揮出遠超過平常的威力。

「你要是不想成為火球的話，就趕緊跳進旁邊的運河吧！」

我臨走前撂下一句狠話，便颯爽地逃之夭夭。畢竟三十六計走為上策，瑪琪雅逃跑吧。

剛才，為了破除對方的束縛魔法，我一直將魔力凝聚於右手。

因為我小時候就曾跟托爾學過能解除這類束縛魔法的「祕技」。

托爾鑽研出的方法是將魔力集中在身體某一處，直到超過負荷的極限狀態，魔力就會由內往外迸發，破除外界魔法。

雖然原本就另有專門用來抵抗束縛魔法的咒語，但詠唱咒語也會讓敵方提高警戒，因此在某些狀況下，這招「祕技」更方便運用，像這次就是。

「嗯？」

然而，就在我才剛鬆了一口氣沒多久。

背後竄起的惡寒讓我轉過身一看，發現小丑以一團火球之姿追了上來。

他還在未詠唱咒語的狀態下發動水系魔法，瞬間撲滅了延燒全身的火焰，同時朝我施放出巨大水球。

「哇啊～～」

我不由自主放聲尖叫，水球緊緊包覆住我的身體，把我困在裡面。

面對「充滿惡意的水」所產生的恐懼感瞬間侵襲全身。

這股感覺……就像先前在王宮中被暗算愛理的「霧刃」偷襲時一樣，令我毛骨悚然。

好難受，水是我的罩門與最深的恐懼。我已束手無策。

「薩迦・拉姆・托爾——凍結吧。」

就在此刻，徹骨的猛烈寒氣從兩側一擁而上，困住我的水球霎時結凍，隨即粉碎一地。

「咳、咳……」

全身冷得凍僵的我不停打哆嗦，卻不覺得害怕。

因為我知道這項魔法，這股魔力……是來自他。

黑色披風一個飛騰，包圍住我的身軀。

「小姐！」

黑髮騎士用自己的披風把我包住，他是隸屬於王宮騎士團的托爾。

見托爾現身，小丑便拉開距離，朝我們放出眼熟的武器——無數的「霧刃」。

托爾揮劍將霧刃反擊回去，唯有一道漏網之魚劃過他的臉頰。

此時霧刃開始冒出冉冉煙霧，正如其名。藍色小丑乘隙隱身其中，消失在現場。

「托……爾。」

「小姐，您還好嗎？」

托爾聽見我的呼喚便驚訝地回過神，絲毫不顧自己受的傷，一臉擔憂地蹙起眉並湊近注視我的臉。

「托爾，你怎麼會……」

你應該守護的人是愛理才對。

然而他緊緊將我擁入懷裡，他的臂彎既溫暖又強而有力。

「我感應到一股魔力迸裂的強烈氣息，彷彿是出自於您。我剛才正好在上空巡邏，馬上便發現您的蹤影……真是萬幸，畢竟小姐您最怕水了。」

原來如此，是因為我剛才用了那招「祕技」強行突破的關係……

「真虧你……還能認出我的魔力。」

「您的魔力很有辨識度，既華麗又充滿能量。若用顏色比喻就是鮮豔的大紅色。即使身在遠方，只要您大展魔法，我隨時都會第一個趕過來。」

「啊哈哈！你在說什麼啦。」

我不自覺地笑了出來。

「雖然你說很有辨識度，但我想能分得出來的人也只有你了。」

身體已恢復到能說話的程度，我便從托爾的懷中坐起身子，調整好自己的狀態，接著大口深呼吸。

「謝謝你，托爾。多虧有你前來，我才能獲救。」

托爾似乎也稍稍放下擔憂，一手撫胸向我鞠躬行禮。於是我摸了摸他低垂的頭以示獎勵，但他毫無反應。

「話說回來，剛才那個藍色小丑到底是什麼來頭？感覺是個危險人物。」

「可能跟謀害愛理大人的犯人為同一人。進行調查的王宮魔法師尤金說過，嫌犯很有可能擁有【水】之寵兒的體質。」

托爾露出認真的神色平靜說道。

「【水】之寵兒？」

「沒錯。聽說【水】之寵兒可以將身體的一部分甚至全身轉換成水，他們能化為水分或煙霧混淆周遭人的視覺，輕而易舉消失於無形之間。再者，水系魔法是他們的拿手絕活。」

「……原來如此。其實我剛才被水球困住時，感受到一股很特殊的惡意——就跟在王宮裡襲擊愛理的霧刃相同，不過這只是我毫無根據的直覺就是了。」

「像小姐您這樣對『水』如此敏感的人，產生的直覺應該很可靠才是。嫌犯果然是同一人吧。」

的確，假設對方真是【水】之寵兒，那我的熱體質對他無效也就說得通了。我不禁被說服。

「其實是這樣的，由於小姐【火】之寵兒的體質無力招架【水】系魔法，所以愛理大人下令，要您盡量避免與本次事件有直接接觸。」

「咦？原來是這樣嗎？」

訝異的同時，一股悔恨湧上心頭。

原本守護愛理才是我的責任，現在卻反過來被她保護。

她會對我避而不見，說不定正是為了與我保持距離。

因為我當時保護她卻不慎受傷。

心中這股無處排解的苦悶，果然是因為氣自己力不從心、無用武之地。

我緊握住拳。

「小姐，您會冷嗎？您的衣服跟頭髮都弄濕了，剛才還害您一時凍僵了。」

「啊，這倒沒事！我只要身子稍微使點勁，就馬上就會乾了。」

在回答的同時，擁有發熱體質的我全身已緩緩散發出水蒸氣。

嗯，我還是能好好發揮【火】之寵兒的能力，托爾也一臉認真地拍手稱讚我「不愧是小姐。」

「小姐～」「小姐～」

此時，我的侏儒倉鼠精靈波波太郎與咚助，雙雙踏著急促的小步伐奔了過來。

「咦，你們怎麼會跑來這裡？」

「您把竹籃落在半路上了吱。」

「我們把它撿來了啵～」

波波太郎使勁拍著自己的頰囊，咚助則幫牠拍背助陣。接著，波波太郎一口吐出了竹籃，這尺寸怎麼想都不可能塞得進牠那小巧的頰囊，牠的頰囊究竟是什麼四次元百寶袋……

「您還是跟以前一樣，很寶貝這個竹籃呢，小姐。」

「那當然，沒有比這更好用的東西了。我的室友——名叫勒碧絲的一位女孩，之前曾告訴我，這個竹籃據說是出自傳說中的那位『黑之魔王』之手喲。」

托爾微微瞪大雙眼，隨即回了一句「哦，這可真意外。」

「我原本還以為是『紅之魔女』的魔法遺物，因為老爺也說過這是歐蒂利爾家流傳下來的古物。」

「我也是啊。但你瞧瞧，這上面有個龍的鉤爪標誌對吧？據說是『黑之魔王』會在贈禮上留下的印記。呃，先別說這些了，得先幫你處理臉頰上的傷口才行，希望只是單純的擦傷。」

「喔喔，這個嗎？只是一般皮肉傷，如果帶有毒性的話我當下就會發現。」

「……還是得治療才行啦。雖然臉上帶疤的男士別具一番魅力，但能治好還是最好啦，正巧我有隨身攜帶我們家的里比特創傷藥。」

我拉著托爾的手，從後巷回到大馬路上。

真的好久沒有像這樣拉著托爾一起同行，有如孩提時期一般。

說到這……最初遇見的那個一臉兇神惡煞的男子，不知道去哪了？

「小姐，怎麼了嗎？」

「沒事！往這邊走吧。」

可能跟小丑一起逃跑了吧，如今已感覺不到那個兇惡男子的明顯殺氣。

敵方盯上我的目的到底為何？

迪莫大教堂的鐘聲，今天依舊響徹日暮時分的米拉德利多。

此時的我們正搭乘雙人座的鳳尾船，行駛於水路之上。

這是觀光專用的魔力驅動船，並沒有隨行船夫，只要設定好目的地即可自動航行。

我打開竹籃，取出裝有里比特創傷藥的小藥瓶，同時注意到籃裡的某個包裹。

是一盒用細緞帶包裝的烘焙點心，就是我親手烤的那個鹽蘋果蛋糕。

托爾看見之後，臉色明顯變了。

「這難道是鹽蘋果蛋糕？在德里亞領地最熟悉的滋味！」

他像個少年似地雙眼發亮，從聲調中能感受到他又驚又喜。這反應令我有點錯愕。

「還需要懷疑嗎？當然沒錯，就是我們小時候常吃的那道甜點，今天早上才剛出爐的。你要嘗嘗嗎？」

「可以嗎？」

「嗯嗯，當然。反正……大概也沒有其他人願意幫我吃掉了。」

其實原本是想烤給愛理品嘗的——這句話我並未說出口。

托爾剝開鹽蘋果蛋糕的外包裝，拿起其中一片認真端詳過後，再送入口中。他瞇起眼睛細細品味，彷彿懷念著在德里亞領地度過的歲月。

「啊啊……樸實的麵粉香氣與從中散發出的奶油香，再加上鹽蘋果的絕妙鹹甜滋味，這的確是屬於德里亞領地的味道，是家鄉味。」

「原來托爾你還是把德里亞領地視作故鄉啊。」

「那當然，那裡才是屬於我的歸宿……」

托爾微抬起臉，凝望著遠方的天空。

他所望向的，正好就是德里亞領地所在的方位。或許他自從來到王都後，已無數次朝著天空尋找家鄉的方向。

「好，那你就維持這個姿勢，不要亂動喔。」

「啊，是。」

我拿乾淨的手帕輕柔擦去托爾臉頰上的血跡，再用手指沾取呈現紅色黏稠質地的里比特創傷藥薄擦在傷口上，並詠唱加強藥效的咒語。

在久遠的往昔，托爾初來到我家之時，我也曾用這個藥膏替他治療全身的傷呢。

「托爾，先前在宮裡看到你的身體時，發現你背上多了好多傷痕耶。你從以前就是這樣，身上受了傷也不理會，但疏忽治療可是不行的。」

「那麼，今後就麻煩小姐替我擦藥療傷吧，畢竟我們同為守護者。」

「說什麼傻話……我現在可不能像小時候一樣隨意觸碰你了。」

「但若沒有小姐的提醒，我會放著不管喔。我從以前就是這副德性，不是嗎？況且，少了您的魔法加持，我的傷口肯定會癒合得很慢的。」

「哪有這種道理。」

分不清托爾到底是在逗我還是認真的，他作出一番奇妙的主張。

但是，若我沒有囉嗦提醒，他或許真的連創傷藥都懶得塗。

畢竟他在幼年的奴隸生活中，早已對傷口跟痛楚麻木了……

「好啦好啦，我明白啦。那不然，今後只要你一受傷就過來找我，我會用前東家優惠價幫你治療。記得帶點伴手禮過來孝敬我。」

「噢噢，果然只要開口就有機會呢。」

托爾露出臭屁的表情笑了，彼此的對話彷彿回到過去，讓我也有點欣慰。

他將最後一小塊鹽蘋果蛋糕扔入口中後對我說：

「小姐的鹽蘋果蛋糕，好像比夫人做的還更甜一點？」

「我故意的啦，我本來就喜歡吃甜的。還是你想說不好吃？」

「不是的，非常美味，畢竟我也喜歡吃甜食。王宮裡面端出的那些菜餚跟蛋糕都太精緻了，我不懂好吃在哪裡。像那個開心果慕斯真的莫名其妙。」

「啊哈哈！」我忍不住大笑出聲。

「誰叫我們從小就吃鄉下的粗茶淡飯長大嘛。」

「我倒還比較愛粗茶淡飯，德里亞領地的料理能滿足我的身心。」

托爾確實不太喜歡高貴奢華的東西。

畢竟，雖然我們家是男爵世家，但除了在魔法素材上捨得花錢以外，平時生活起居一切從簡。

「……小姐，有些正經事想跟您說。」

托爾身上的氛圍突然轉為緊繃。

正當鳳尾船寧靜地劃破水面並穿過橋下時，他開啟了這個話題。

「剛才那個藍色小丑是何許人也，又有什麼目的，目前尚未有定論。但對方鎖定的目標恐怕正是救世主與守護者。然而，守護者與救世主不同，既然守護者有可替代性，就沒有任何人會保障我們的安全。」

我抬頭微微瞄了托爾一眼。

眉頭深鎖的他面露不安，緊緊交握著放在膝上的手。

「自從您成為守護者後，我沒有一天能放心。多希望自己能隨時陪伴左右，守護您的安全。這次是碰巧運氣好，我正好是自由之身。」

自由之身……我不禁過度解讀這四個字，一時難掩激動情緒而熱淚盈眶。

「對不起……虧我還發下豪語要變得更堅強，沒有你的守護也能活下去。到頭來還是被你所救，害你擔心。」

我這個愛哭鬼。現在可不是哭哭啼啼的時候，我卻對自己的無力感到愧疚。

小時候還好意思對你許下承諾，要熔化所有束縛你自由的「枷鎖」。

「不……我只是對於自己無法把您放在最優先守護的第一順位，感到懊悔而已。」

托爾脫下手套，擦去我的淚水。

接著他湊近過來，輕聲對我說：

「請您務必記住，在我無法陪伴在您身邊的期間，絕對不要逞強胡來。這世上有太多險惡，請您別鋌而走險。如果魔法學校裡有可靠的同伴，盡量與他們結伴同行。」

當船身鑽過橋底，重見天日之時，鄰近魔法學校的渡船口已映入眼簾。

一抵達渡船口，托爾便率先下船並朝我伸出手。

我握住那隻能放心託付一切的手走下船，然後——

「那麼小姐，下次再見了。」

「嗯，再會了，托爾。」

與托爾道別後，我走上連接王都與學園島的大橋。

半路上，我迎著吹亂髮絲的強勁海風，回首顧盼。

然而托爾已不在。

想必他回到愛理的身旁了。

由世界賦予他們兩人的羈絆，在我眼中卻成了束縛托爾自由的「枷鎖」。這只是出於單純的嫉妒。沒錯，是嫉妒……

過去的我，只要有托爾在身邊，就能對這個世界無所畏懼。

我曾是初生之犢，以為任何事只要有堅強的信念就能貫徹到底。

然而，如今的我滿是恐懼。

其中包含那個思慕托爾而對愛理心生嫉妒的自己。

幕後　愛理，目睹似曾相識的畫面

我時不時會作夢。

夢見另一個世界裡的小田同學與齋藤同學。

「您感到寂寞了嗎？愛理大人，您想念原本的世界嗎？」

夜半時分帶著淚水醒來，發現托爾就站在一旁。

今晚他負責擔任我的護衛。

原來他沒聽漏房裡的啜泣聲，進來關心我的狀況……

「不，我對原先的世界已沒有任何留戀。在家裡必須跟我母親帶回來的男人同住，學校裡又都是欺負我的女生。我討厭那樣的世界，我喜歡現在這個天地，喜歡這裡的大家。」

「……那您為何要哭泣？」

「我也不知道。有時候，真的會不時感到莫名害怕。在那個我已不復存在的世界裡，會有任何一個人想念我、為我流淚嗎？」

當時，沒有人樂見我劫後餘生。

所以我才選擇消失，讓你們稱心如意不是嗎？

不知道有沒有任何一個人後悔了？

有人會為我哭泣嗎？哭著擔心我或許已經死了。

小田同學跟齋藤同學發生事情時，大家不是都很替他們難過嗎？

像小田同學的父母，等女兒行蹤不明才悔不當初。

不停哭喊著「對不起」、「妳快點回來」……

人都不在了才學會珍惜，已經太遲了。

「我原本有個好朋友，是我唯一的摯友。我很珍惜那個女孩，還有一個男孩。不對，男孩最要好的朋友不是我，他跟那個女生才是青梅竹馬。」

「……」

「但是我……我不喜歡一個人被排除在外的感覺，所以介入他們之間。因為，要是他們成雙成對了，那我就……」

對任何人而言，都是不需要的存在了。

「好了，請您就寢吧。別擔心，我會陪在您身旁的。」

「嗯……謝謝你，托爾。你真溫柔。」

我想遺忘掉一切。

無論是那個世界，還是那兩人。

○

我叫愛理。

原先在日本的姓名是田中愛理，來到這裡後只留下名字。

我同時也被稱為「艾里斯的救世主」——接受召喚降臨於梅蒂亞的傳奇少女。

簡單來說，我是獨一無二的女孩。

在這個故事裡，我是「主角」。

「呼……寫了好多。庫菈麗莎，幫我泡可可。」

「是，愛理大人。」

我坐在桌前翻開筆記本、一手拿起羽毛筆，替自己的小說編寫後續劇情。

梅蒂亞宛如將我創作的故事舞台化為現實的異世界。

雖然細節上存在些許差異，但兩者有神似之處。正因為如此，一切都會在我的預想之中才是。

包含今後的劇情走向，以及即將登場的角色。

實際上，現況也的確是如此。我所想像的事件會真實發生，我理想中的角色會出現，他們的一舉一動如我所期望。

當然，我也不算是擁有百分之百呼風喚雨的能力，但所有狀況都會落在預料範圍之內。

王道劇情絕對不存在脫軌演出。

「不過，最後一位守護者竟然是瑪琪雅，這令我有點意外。一般來說，不可能這樣演的吧？」

在我看來，瑪琪雅是冒牌的守護者。

她為了奪回托爾才冒充守護者的身分。

就算她有能耐騙過尤利西斯，也無法蒙蔽我的雙眼。

「瑪琪雅是這世界上最邪惡魔女的後代？不，或許她就是『紅之魔女』本人。其實她一直存活至今，偽裝成年輕人並混進魔法學校的學生之中。然後她現在急於出招，企圖把自己最中意的奴隸托爾搶回來。」

敵人是誰已經很明顯。所以我才裝成與她維持友好，好讓她卸下防備。

畢竟我需要找到決定性證據，確實地擊退她。

因為我可不想被托爾討厭啊，他好像仍被魔女的魔法所控制……

但我必定會幫助托爾覺醒，要讓她好好見識一下托爾與我——救世主與守護者之間的羈絆才是最緊密的！

「我才不會輸給什麼邪惡的魔女。」

我最喜歡公主與女主角大放光彩的童話，這類故事中總是少不了壞心魔女。

以前媽媽曾說過，這世界上存在著各種「魔女」，要我別輸給惡意與嫉妒，擦亮雙眼並變得機警又頑強。因為「愛理」是可愛的女孩子……

「愛理大人，瑪琪雅．歐蒂利爾小姐前來拜訪您了。」

才剛提到她，本人就現身了。

女僕長庫菈麗莎帶著熱可可與這項消息回到我的房內。

「不過，我已依照您的吩咐拒絕她的會見要求了。她似乎還帶了蘋果蛋糕作為伴手禮，我也先拒收了。」

「謝謝妳，庫菈麗莎。蘋果蛋糕啊……因為魔女企圖拐騙白雪公主吃下毒蘋果嘛，唔呵呵，真老套耶～」

啊，那我應該收下她的蘋果蛋糕，調查一下有沒有下毒的。

如此一來，就能當著所有守護者的面前，揭穿她的真面目了。

「但瑪琪雅她做事不留痕跡，沒什麼破綻呢。」

「愛理大人，您認為那起暗殺未遂事件的犯人，果然是瑪琪雅．歐蒂利爾嗎？」

「這是當然的嘛。在我的故事裡，魔女絕對沒有一個好東西，那次是瑪琪雅為了取信於我而自導自演的一齣戲。」

「既然如此，是否跟其他守護者們商議一下比較好呢？」

「這怎麼行！這樣等於先透露劇情啦。況且，我要是單方面把瑪琪雅說成壞人，托爾一定會生氣的，有損我的形象吧？我想在這個世界當個人見人愛的女孩。」

「……我明白了。」

庫菈麗莎很懂得察言觀色。只要跟她多嚼點舌根，她就會自動幫忙散播對我有利的謠言，包含瑪琪雅自導自演的疑雲。她就是這麼一個活躍於檯面下的角色。

負責替我解決疑難雜症的談心好姊妹角色並不是瑪琪雅，有庫菈麗莎一個人就夠用了。

「但是，愛理大人。貝亞特麗切・阿斯塔小姐也在夏天多次出入宮中，那起事件發生當日，她也在場。據說騎士團也將她與其管家列入嫌疑名單。」

「貝亞特麗切？她是誰？」

「吉爾伯特殿下的前未婚妻。」

「啊！那個講話口氣很裝模作樣的千金！」

我一股勁地從床上坐起，單手握拳敲了手心。

「畢竟她感覺對我懷恨在心嘛！不過那個金髮大小姐總帶有一種配角感。」

「瑪琪雅小姐就沒有這種感覺嗎？」

「瑪琪雅喔，打從我一開始見到她時，就覺得她跟其他人特別不一樣。」

「不一樣？」

「沒錯，她不一樣。我的直覺告訴我……她的存在本身格格不入。」

我不知道該如何形容才好。

但那雙鮮豔的海藍色雙眸，莫名讓我心裡有疙瘩。

「啊！」我拿起放在床邊桌上的巧克力扔入口中，頓時靈光乍現。

「我懂了，貝亞特麗切是瑪琪雅的爪牙啦！肯定是這樣沒錯！反派一開始都會先派出手下嘛。」

真相終於大白，我下床走向陽台，眺望路斯奇亞王宮外圍的城鎮。

停在陽台的白鴿們猛然振翅，飛向正值日落前夕、帶著淡淡餘暉的天空。

「沒錯……她一定是罪大惡極的魔女。」

就跟在原先的世界裡眼紅我、排擠我、霸凌我，以及對我說三道四的那些女生一樣。

我再也不會對那些人認輸了，我不會敗給女人醜陋的嫉妒心。

因為在這個世界，我已無所畏懼。

「所以，妳休想擠上我的舞台，瑪琪雅，這裡沒有妳的位置……」

我不會讓妳破壞我與守護者間的珍貴羈絆。

「必須找個場合揭發她的惡行惡狀。對了！吉爾說過，沒多久之後就要舉辦外賓招待晚會。庫菈麗莎，妳就邀請瑪琪雅出席那場活動吧，順便把那個叫貝亞特麗切的女生也找來。我有個不錯的點子。」

「是，愛理大人。」

我將計畫告訴庫菈麗莎後，她便從房內告退了。

「好啦～那我再偷溜出王宮，去王都打聽一些情報吧。」

反正我也不想無所事事，待在安全的地方受庇護。

但一個人行動又嫌無趣，身為女主角，身旁不能少了正義的護花使者……

「愛理大人，您打算去哪裡？我們約好了待會兒要接著進行上次的魔法指導。」

「呃，尤金。」

才踏出房間便看見尤金在外面等我，臉上的眼鏡還反射著光芒。他是我的專屬魔法教師。

「等我一下下就好，尤金。我回來之後就會好好上課的！」

「請您留步，必須有護衛隨行才可以。」

「我有拜託托爾過來了，沒問題的！來，義芙，幫我隱形吧！」

光龍義芙全身灑下七彩亮粉，包圍我的全身。牠可以透過這項能力來幫助我隱蔽形跡，就像妖精在森林中轉眼間消失於無形。

「愛理大人！」

尤金帶著怒意的呼喚聲傳來，這下子，事後要被他臭罵一頓了。

但我現在沒心情進行魔法特訓。我維持隱形狀態溜出王宮，把垂掛在頸部的短劍連同金色劍鞘高舉往空中。

鑲在劍柄上的大顆鑽石散發出璀璨光芒，指引我前往心之所向的守護者身邊。

這正是救世主與守護者之間絕對的羈絆。

「啊，是托爾！」我發現托爾正搭乘著鳳尾船，航行於王都水道上。

正當我心想他會搭船還真稀奇，下一刻便發現他的對面坐著另一位乘客。

「咦……瑪琪雅？」

我停下奔上前去的腳步。

托爾不知道在吃著什麼，臉上還露出從未在我面前展現過的笑容。

那應該就是……瑪琪雅原本要拿來給我的蘋果蛋糕。

真奇怪了，那應該是用毒蘋果做的才對。

重點是，為何托爾如今還會想見瑪琪雅？

真奇怪了……

這下反而變成，身為救世主的我企圖拆散他們似的。

明明瑪琪雅才是壞魔女，卻在托爾面前裝成無害的平凡女孩，蠱惑他的心。

托爾也真是的。守護者不是應該把救世主放在心中最重要的第一位嗎？

正常來說，這樣才對吧？

但是為什麼呢……那兩人凝視彼此的畫面，令我覺得似曾相識。

跟初次遇見瑪琪雅時一樣，那種相同的奇異感。

這是怎麼了？令人厭惡的焦躁感油然而生。

讓我有想摧毀一切的強烈衝動。

第六話　學園島迷宮歷險（上）

今天要進行元素魔法學的特別課程。負責授課的是王宮魔法師尤金‧巴契斯特，他還身兼救世主愛理的專屬教師。

此外，他平時也會在盧內‧路斯奇亞魔法學校擔任客座講師。

元素魔法學這門科目，由多位兼任教師共同授課，所以也會有外聘的情況，就如同巴契斯特老師。

而他負責主講的課程，主要集中於為「魔法元素寵兒」設計的特別授課。

「所謂的寵兒，指的是受該屬性精靈寵愛的特殊存在。寵兒享有精靈無條件的庇護，並且具備特異體質。我想你們自己應該比我更清楚這些知識吧……」

巴契斯特老師站在演講廳的講台上，推著眼鏡繼續說：

「【水】之寵兒可以將身體的一部分轉換成水；【火】之寵兒擁有發熱與引燃的體質；【地】之寵兒能無視地心引力自由移動；【風】之寵兒不須憑藉飄浮魔法也能飛行。」

認真聽得津津有味的我頻頻點頭。隔壁的弗雷則打著呵欠，似乎覺得很枯燥乏味。

「這些能力的特點在於，無須依靠任何咒語或魔力，就可以運用自如。對於你們而言，這些能力是與生俱來的體質，也是個人特色，操縱起來如呼吸般得心應手，可說是你們最能信賴的武器吧。由於使用時消耗的是體力而非魔力，在關鍵時刻能派上用場。另外，元素寵兒對於該屬性的魔法自然也特別拿手。以後往專業領域發展，成為該屬性元素的專家學者也是很常見的選擇。不過……」

巴契斯特老師接著在懸浮於背後的黑板上寫下了「魔法屬性能力的副作用」這個詞。

「屬性寵兒擁有天賦能力的代價，就是並存著比一般人來得更極端的弱點。【水】之寵兒容易發熱充血；【火】之寵兒不諳水性；【地】之寵兒搭乘交通工具時易引發動暈症狀；【風】之寵兒有極度嚴重的花粉症。這些算是最具代表性的吧。」

嗯嗯，完全沒錯。

像我就是隻旱鴨子。弗雷則是容易犯動暈病，對轉移魔法也很沒轍的樣子。

雖然這些小缺陷看似微不足道，但意外地很折騰人呢。像上次我就被寵兒的罩門害得差點丟掉小命。

「巴契斯特老師，我想發問！」

某位看起來正經八百的男學生舉手向老師提出問題。

「我聽聞從異世界降臨的救世主大人，是非常罕見的【全】屬性寵兒！【全】屬性寵兒以擁有『抗屬性體質』聞名，請問他們的弱點在哪裡呢？」

男學生的問題也勾起了其他同學的好奇。

身為救世主專屬教師，巴契斯特老師對於如此稀有的【全】屬性寵兒應該有一定程度的了解吧。

老師面不改色，用平穩的聲調「嗯哼」了一聲並點頭沉思。

「【全】屬性寵兒集所有精靈之愛護於一身，因此會被認為是特殊的天選之人。但就我個人見解……認為有些過譽了。」

咦？沒想到巴契斯特老師對【全】之寵兒的評語意外辛辣。

「受所有精靈之寵愛，同時也代表沒有精靈能對其干預——這正是造就『抗屬性』的本質所在。在過去，【全】之寵兒在體質上被認為無懈可擊，但他們的感受性特別強烈，精神上或許存在較脆弱的一面呢。並且有思考過於主觀武斷、容易抑鬱的傾向。」

巴契斯特老師將手背在身後，在黑板前來回踱步並繼續說：

「追根究柢，『屬性寵兒』誕生的原因究竟是什麼呢？」

他繼續娓娓道來。

「根據時代的不同，屬性寵兒在歷史上曾被譽為『人與精靈的媒介』而受到崇敬；另一方面也曾被當成『受精靈詛咒之子』而遭歧視與虐待。畢竟直到現代，某些地區仍存在著陋習，對屬性寵兒進行迫害呢。」

「……」

「然而，隨著大眾對屬性寵兒的理解越來越深，大多數人已能將其體質視為一種個人特色，以正常的眼光看待才是。想必這是因為，你們所擁有的力量被許多人視為需要。我希望各位對自己感到驕傲，並且用心雕琢自身的力量，以替路斯奇亞創造更美好的未來……」

這番話深深打動人心，賦予了身為屬性寵兒的我們更多希望與信心。

老師雖然不苟言笑，但是位良師，不愧是被拔擢為救世主愛理專屬教師的人才。

被我強拉來聽課的弗雷又在旁邊打瞌睡，於是我狠狠擰了一下他的耳朵。

「痛死啦！組長妳幹嘛啦，嚴正譴責暴力行為。」

弗雷說完又繼續趴在桌上入眠。

今天上完課可是要提交書面報告耶，我得好好盯緊他才行。

真是個給人添麻煩的打混王子。

「瑪琪雅・歐蒂利爾小姐，方便借點時間嗎？」

「啊，好的，巴契斯特老師。」

課程結束，同學們紛紛離開講廳時，我被巴契斯特老師叫住。

「托爾・比格列茲向我報告了，關於妳在王都受暴徒襲擊一事。妳還好嗎？」

從未料到巴契斯特老師會對我釋出關心之意。

「嗯嗯，多虧托爾當時出面解救了我。正如老師所見，我現在一切安好。」

「呃……我當然明白妳平安無恙，除非眼前的妳其實是鬼魂。我想問的是精神上的狀況。」

「啊～原來如此，這方面也沒問題！」

我大剌剌地據實以報。老師推了推眼鏡微微笑了。

「【火】之寵兒果然大多擁有堅強的心志呢，真令人羨慕。」

老師笑起來的表情意外地帶著天真的稚氣。與尤利西斯老師、梅迪特老師年齡相仿的他，平時給人感覺格外老成，這種反差也讓他更具魅力呢。

「愛理也很擔心妳。雖然妳身為守護者一事尚未公開，但我個人認為安排個隨身護衛給妳比較好……」

「不、不用了！沒關係的。我之後會多加留意，盡量跟同學結伴同行。而且也打算減少外出，畢竟待在學校裡安全多了。」

「這樣啊……」

況且，身為救世主的守護者卻隨時受人保護，那我也太失職了。

王宮那邊肯定也是這麼認為，不會允諾替我安排警備人力吧。

反正假使我喪命了，下一位遞補的「替代者」或許比我還來得適任。

不如說，樂見這般發展的人也很多吧……

「有什麼煩惱，隨時都能來找我商量。妳是【火】之寵兒，至今見過各種屬性寵兒的我，或許能幫得上什麼忙。」

「好的！非常謝謝您，巴契斯特老師。」

王宮中效命於救世主的人們，無不對我冷眼相待。但巴契斯特老師擁有高尚且耿直的品格，給予我一視同仁的關懷。

這也讓我得以認同，為何他會是所有人心目中最理想的守護者人選。

結束了屬性寵兒的特別課程，時間來到隔天。

「各位同學，你們期待已久的『魔法體育』課要開始啦！」

負責教授本科目的的萊拉老師，召集我們石榴石一年級生來到學校西岸上的洞窟前，一手拿著擴音器向我們宣布新課題。

「過去只要事前預告課題內容，每年都會出現落跑的學生，所以今年我保密至今。接下來要進行的課題就是『迷宮遊戲』。」

「迷宮遊戲？」

聽見這四個字的學生們反應各有不同。有些像我一樣歪頭狐疑，有些人開始躁動不安，還有些人害怕得發抖。

我們石榴石第九小組的成員之中，也有個沒出息的男人直打哆嗦。

「我……我想起來了，最可怕的課題！」

臉色慘白的他用緊張的高聲調說著。這個人就是弗雷，貴為王子的弗雷。

在弗雷旁邊的勒碧絲對他害怕的模樣有點傻眼，但仍開口問：

「難道這就是你上次說的，可怕得令你選擇性失憶的課題？」

「就是這個沒錯，勒碧絲小姐。是說，那眼神是什麼意思！你們這些人，肯定以為我當時小題大作對吧？」

「……」

畢竟，如果真有失憶這麼誇張，幾乎等於九死一生了不是嗎？

魔法體育這門課，強迫學生進行嚴苛的操練已是慣例，但這次的狀況似乎與以往大不相同。

萊拉老師手持擴音器繼續說明：

「本次課程原則上以小組為單位，在學園島地底的『第一迷宮』進行課題。盧內・路斯奇亞魔法學校原本是軍事防禦堡壘，大家應該都知道吧？地下則有深達五層樓的廣大迷宮，被稱為最終要塞。這次要請大家在這座第一迷宮裡搜捕為數眾多的機械人偶魔導傀儡。」

「魔、魔導傀儡？」

陌生的詞彙令大家呆若木雞。

然而，專精魔法技術研究的尼洛似乎知道些什麼。

「魔導傀儡是以古代遺物作為本體，置入魔力驅動迴路製成的機械人偶。這種人偶發源自西方的福萊吉爾皇國，基於軍事目的進行研究開發，目前在該國已深度普及於日常生活中。不過在路斯奇亞王國這裡，目前還很稀奇吧。」

原來如此，簡單來說就是一種機器人吧。

萊拉老師很滿意似地欣賞著學生們躁動不安的反應。

「意思也就是呢，這些人偶就賞給你們了，要怎麼破壞都隨你們高興。不過咧，也有可能是你們先被修理一頓就是了。」

「……」

無情的發言讓所有學生愕然。

這股不祥的預感，讓我們甚至無法再藐視弗雷的不安。

「聽好了！等你們以後成為魔法兵或是騎士，就有義務深入敵營，打倒作亂的魔物、破壞所有能用於戰爭的兵器。當然，還包含了殺敵在內。就算以後沒有從軍打算，缺乏足夠實戰經驗的魔法師，在關鍵時刻將會手無縛雞之力。雖然教師陣容中有些傢伙安逸慣了，主張不需要對學生進行戰鬥訓練，但我可不這麼想。你們至少得具備自保性命的能力才行！」

聽說萊拉老師是位退役的菁英魔法兵，曾被派往友盟福萊吉爾皇國，親臨第一線戰場。她是真正見識過世界現實局勢的人。

這樣的她說出這番發言格外有說服力，也因此讓人更好奇課題內容……

「這次任務簡單到不需要動腦！接下來你們要進入第一迷宮裡，遇到魔導傀儡就打倒，一路過關斬將！收集完四顆『眼珠』後，想辦法成功逃出迷宮。」

「……」

「需要留意的是，眼珠必須收集四顆不同顏色的，同色的可不列入計算啊！」

萊拉老師特別提醒了這一點，看來眼珠的顏色差異似乎跟課題評分標準有某些關聯。

而且，另外還有其他老師站在她身後待命。包含二王子尤利西斯老師、我的舅舅梅迪特老師等人。

如此大陣仗的課程，可能需要多位教師擔任監督角色吧。這也更加催化學生們的緊張感。

「我繼續說明。課題中可自由使用你們所熟悉的魔法，種類不拘。可隨身攜帶的魔法道具僅限於校方待會兒配發的用品，以及各位在學校登錄過的魔法發動輔助道具。」

魔法發動輔助道具，指的是戒指或魔杖之類的裝備。以尼洛舉例的話則是隱形眼鏡鏡片。

「禁止召喚精靈作為輔助。畢竟這次課題是為了考驗各位的體力、魔法知識與判斷力，並且旨在提昇團體合作精神。時間限制為五小時。我會利用這晶瑩淚珠魔法水晶進行監視，若出現任何狀況時記得立即發送信號。以上說明完畢。快點準備就緒！」

各小組組長被召集過去領取必需物資。

打開配給的袋子，裡面裝有方便食用的穀物棒、有效幫助魔力恢復的能量飲，以及一張折疊起來的輕薄導覽手冊。

導覽上記載了學園島迷宮的歷史，以及老師剛才介紹的規則。另外還附有地圖，以防學生在第一迷宮內迷路。

接下來，課題即將開始。

固若金湯的最後堡壘——學園島迷宮。

除了授課需求外，一律禁止進入的這個地方，名列為校園七大不可思議景點之一。據說只要在裡面迷失方向，將永遠無法脫困……

「好啦，接下來輪到石榴石第九小組了，趕快出發吧。」

萊拉老師狠盯著我們第九組成員，明明站得很近，卻硬要拿著擴音器對我們發號施令。

「你們在上學期的藥草採集活動上惹出了大事。雖然一部分是校方疏失，但這不是藉口，我才不管。你們站在負分的起跑點上，自己心裡有數吧？」

「呃，是~我們會留意的。」

「很好。那就出發吧！」

在萊拉老師的耳提面命下，我們進入海岸的洞窟內。

「我們是被列入觀察名單了吧？」

「這也沒辦法啊，尼洛。誰叫我們在上次的藥草採集課引發騷動。」

我聳了聳肩，弗雷卻滿臉不服氣地發出一聲「啥~~？」

「那次怎麼想都是校方管理上的紕漏吧？這次若再碰上轉移裝置而亂跳到別處，我可敬謝不敏。那感覺實在糟透了，把我弄得暈得要命。」

「啊，瑪琪雅妳瞧。岩壁打開了。」

勒碧絲華麗地無視弗雷的牢騷。順著她所指的方向，我看見岩洞的門在劇烈地鳴聲響中緩緩敞開。

岩門似乎不只一道，採隨機開放機制，目的可能是為了分散各組的行動路線。

一踏入門內便發現——

「唔哇……」

裡面是一片純白色的世界，宛如由砂糖打造而成的糖果屋。洞穴內呈現縱向延伸的挑高空間，迴廊與階梯交錯並相連於其中。

我們該何去何從？

就第一時間的觀察，完全沒有頭緒，連上下立體的空間感都快錯亂。

這裡的確是令人迷失的迴圈，以魔法建構的迷宮。

再加上，打造這座迷宮的材料是……

「難道……這裡使用了來自鹽之森的石材嗎？」

熟悉的氣味與冰涼的觸感讓我陷入錯覺，彷彿身處於那座森林之中。

我打開導覽確認內容，果然不出所料。上面寫著，第一迷宮採用與德里亞領地鹽之森內的相同石材所建造而成。

這座學校創校可是五百年前的事。

在那個古老年代，大老遠把石材運來這裡嗎？

「呃啊啊啊！」

就在此時，不知何處已響起了尖叫聲。

環伺周遭，發現先進來的其他小組們，正位於與我們隔了幾條空中迴廊的洞窟另一側，被人偶造型的機械裝置追趕著。機械人的體型幾乎比人類大上一倍。

「那就是……魔導傀儡。」

那具魔導傀儡擁有修長四肢與狹窄腰身的纖細軀幹。小巧的頭部上裝置著一顆「藍色」的眼珠子，不停轉動著。而且還從口中吐出貌似泡沫的物體，朝人類發動攻擊。

「那是什麼鬼東西啊！根本是怪物了吧！去年的機型可沒有長得這麼駭人啊！」

弗雷大聲吵嚷個不停。還順便一把抓著尼洛，把人家搖來晃去。

尼洛神情冷靜，伸手按著自己的太陽穴定睛觀察，這動作是在利用魔法隱形鏡片調查魔導傀儡的情報。只要輕敲太陽穴，似乎就能切換觀測對象的各種情報……

「看來這是去年的升級版。」

「你的那個隱形鏡片，還能讀取到什麼其他的資訊嗎？」

「那具魔導傀儡內建的魔力驅動迴路構造十分單純，就只是接收從某處發出的命令來行動罷了。」

我們把四處竄逃的其他小組當成餌，從遠處觀察著魔導傀儡的行動以收集情報。

「啊！掉下去了。」

別組的某位成員一個絆倒，從迴廊上滾了下去。

還以為他會一路掉到中空的深淵之下，沒想到馬上有圓碟狀的救生艇出動，過來接個正著。

「該怎麼說呢，看來至少不用擔心失足摔死了呢，對吧？勒碧絲小姐。」

「這就難說了。那種類型的製品，有時也會發生設定好的術式運算錯誤的意外狀況。」

「……」

我們所有人都嚥了一口口水，繃緊了神經。

在一年級的課題中，這還是頭一次需要進行戰鬥的任務，看來有必要謹慎迎戰。

「總之，也只能試著找出魔導傀儡，然後打倒它們了。既然可以自由使用魔法，總有辦法對付……」

「喀啦匡啷、喀啦匡啷……」就在我故作堅強時，一陣奇妙的聲響傳來。

「嗯？」

組員們一致九十度轉頭望向旁邊，看見一具落單的小型魔導傀儡。

它的外型有別於剛才追著其他組別跑的機體。

那圓滾滾的頭部與軀幹不停轉動著。它沒有四肢，卻有兩顆大小不同的眼珠。外觀就像個雪人似的，發出的聲響也像逗嬰兒用的玩具。這機器本身的表情也莫名帶著孩子的稚氣。

「它的眼珠是『白色』的。」

「你還真有閒情逸致在意人家眼珠什麼顏色耶。不過嘛，這傢伙看起來的確很弱啦……不，絕不能大意輕敵！」

尼洛淡然自若，弗雷的情緒起伏則像雲霄飛車。

「欸！它來了來了來了來了！」

「快逃！」

「喀啦匡啷、喀啦匡啷、喀啦匡啷……」

白色的魔導傀儡以驚人的速度滾了過來，彷彿在尋找一起遊玩的同伴。

令人驚訝的是，在它滾動的同時，周圍開始颳起旋風。它的身體雖小，攻擊範圍卻似乎很廣。

「喂！可以從那邊往下跳！」

我們順從尼洛的指示，從略高的段差處一躍而下，躲進階梯下方的空間裡。

球型魔導傀儡放棄追上來，它四處張望一番後，緩緩用滾動的方式沿通道離開。

「喀啦匡啷、喀啦匡啷……」聲響逐漸遠去。我們鬆了一口氣，擦去額頭上的汗水。

「我懂了。只要目標對象消失在視線範圍內，它們就會停止追逐吧。」

「雖然是個值得感謝的設定，但課題任務是打倒它們並收集眼珠對吧？動作快得要命又嚇人，根本不給人時間發動魔法嘛。打得倒才有鬼。」

弗雷早早進入放棄模式。

「別擔心，才沒有那麼困難啦。」

尼洛難得輕輕笑了一聲，為大家打了劑強心針。

「什麼意思？」見我反問，他便伸手指向此時正在對面展開戰鬥的其他小組。

「我們就待在這裡仔細觀察觀察，魔導傀儡襲擊其他小組時的攻擊模式，以及那眼珠有什麼機關吧。先收集情報後再加以擬定對策，總比魯莽應戰來得有效率」。

在對面展開戰鬥的，正是貝亞特麗切所率領的組別。

他們的對手是「紅色」眼珠的魔導傀儡，有著肥碩的巨大體型，用口中噴出的火焰攻擊著組員。

尼洛的隱形鏡片散發出淡淡光芒。

「剛才襲擊我們的魔導傀儡是『白色』眼珠，白眼珠是用風展開攻擊對吧。然後攻擊第一小組的是『紅色』眼珠，採取火攻。」

「難不成……眼珠的顏色對應了不同的魔法元素？」

尼洛回看向我們，點頭回答：「恐怕正是如此。」

「萊拉老師要我們收集四種不同顏色的眼珠。在元素魔法學上，這個數字意味著【火】、【水】、【地】、【風】四大屬性。也就是說，必須分別打敗相對應的魔導傀儡各一具，湊齊四色眼珠，才能通過這次課題吧。」

在對面戰鬥的貝雅特麗切小組，用【水】系魔法成功擊潰紅眼珠的魔導傀儡。

原來如此，以【水】制【火】是吧。這次的任務，靠初級中的初級常識就能穩紮穩打地過關。

這堂課的評分範圍並非僅限於「魔法體育」單科，也包含「魔法元素學」在內吧。也就是說，只要有認真上魔法元素學，就能發現打倒魔導傀儡的線索。

「剛才那隻白色眼珠的魔導傀儡是【風】屬性，要打敗它的話……」

「在魔法學上，【風】系魔法並不存在特別明顯的弱點。【風】面對【冰】系魔法時會稍微弱化；面對【地】系魔法則會受到壓制，但依照時機與狀況不同，勝負的不確定性很高。【火】系魔法被視為較有效的對策，但也有反被催化的風險……」

尼洛瞄了我一眼。

我懂他想表達什麼，我的【火】系魔法若被風扇動，可能會造成危險吧……

「再說，其實不需要仰賴以元素屬性之間的優、劣勢來決勝負吧。」

「什麼意思？」

「剛才的球型魔導傀儡，只有在地面滾動時才會颳起旋風。也就是說，只要限制住它的行動，就能封印它的招式。」

「噢～原來如此～」

我們對於尼洛的觀察力深感佩服地鼓掌，不愧是我們小組中的技工隊長。

然而，雖然好不容易抓住了弱點，可惜我們在那之後未能尋獲【風】屬性魔導傀儡的蹤影，別無選擇之下只好暫時緩緩，先去搜捕其他目標。

我們發現的第一隻獵物，是弱點顯而易見的【火】系魔導傀儡。

因為它們個頭特別大，是最好鎖定的目標。

先利用【水】魔法將其逼往牆邊，再由我使出「烈焰之矢」射向它的腳。【火】屬性魔導傀儡那碩大的軀幹開始重心不穩，隨即摔倒在地，這股衝擊力道讓它的眼珠掉出來了。

「噢噢～」

「好像寶石一樣。」

我們獲得的戰利品是散發璀璨光芒的紅色眼珠。

然而，唯有勒碧絲獨自走向倒地的魔導傀儡……

「？」

她用魔法攻擊其手臂與胴體的關節處，一把拔掉了傀儡的手！

我們另外三人都嚇傻了。

「妳、妳妳、妳在做什麼呀，勒碧絲？」

「這具魔導傀儡是以魔合金製造而成的。機會難得，不如拿來廢物利用，做成武器吧。」

「咦，武器？」

我們還在一頭霧水時，勒碧絲朝空中舉起方才拔下的機械手臂，詠唱起咒語。

「勒碧絲・特瓦・特瓦伊萊特——煉鍛吧，型態・槍。」

機械手臂開始變形，變成一把長槍。

「太厲害了，這不是煉金術嗎！這是三年級才會學到的技術耶。」

「對了，特瓦伊萊特一族原本就是以空間魔法與煉金術作為家業嘛。」

弗雷與尼洛雙雙表示敬佩，我也連連拍手驚嘆。這種形狀拿來當武器，感覺很能派上用場。

我們接下來遇到的對手，是在最初進入迷宮時首先見到的【水】屬性魔導傀儡，外觀有如假人模特兒。

它們會從口中吐出像肥皂泡一樣的泡沫來進行攻擊。

泡泡只要一接觸到物體就會爆炸，但威力並沒有多大，我們利用一般的魔法障壁便成功擋下攻擊。

這具魔導傀儡空有高聳的個頭與詭異的長相，所以我們起初被唬得一愣一愣的。其實它動作遲鈍，背後缺乏防備。於是由持長槍的勒碧絲乘隙繞往目標身後，舉槍貫穿軀體，使其停止動作。藍色的眼珠隨之掉落，成為我們的囊中物。

在這之後，我們在迷宮裡徘徊了一陣子，最後走到一片類似廣場的空間，周圍被岩柱所環繞。

正中央一片空曠，僅放置著一個四四方方的盒狀物體。

看來是【地】屬性的魔導傀儡。盒狀物由土製成，表面被青苔與花草所覆蓋。

在這純白世界裡，唯有這盒子上長有植物，令人感到些許詭異。這東西明明是魔導傀儡，卻一動也不動，也找不著它的眼珠在哪……

乾脆直接放火燒了？正當我如此思考時，盒子正上方突然打開，從中冒出一朵長著臉的巨大花朵。

「！」

花朵齜牙咧嘴，一口吃掉站在最前面的尼洛，然後直接把他整個人拖回盒裡。尼洛連叫都沒叫一聲……

盒子關閉後，植物再次蔓延其上。

「呃，欸！這下怎麼辦啦！尼洛被巨花給吞了耶？」

「是說這太扯了吧！【地】屬性偷偷附帶【草】屬性是怎樣啦！」

「畢竟【草】系本來就依附在【地】屬性底下。」

「勒碧絲小姐，妳別這麼冷靜地分析啊！」

不過這下糟了。尼洛被挾為人質，我的【火】系魔法雖能剋【草】，但如今形同被封印，輕舉妄動的話會把尼洛烤熟的！

「啊！」

此時，我想起了某件事。

這片廣場的地面上滿布著白色石子。

根據最初拿到的導覽說明，這座第一迷宮是由鹽之森的石材建蓋而成。這也就表示……

我蹲下身撿起地面的石子拿在手裡，直接詠唱咒語。

「梅爾・比斯・瑪琪雅——鹽之森的石子啊，使其乾枯吧。」

接著，我朝手心上的白色石子吹了一口氣。

石子化為帶著光芒的細緻粉末，飄散於空中並包圍方盒狀的魔導傀儡。接著，覆蓋其上的植物全數開始枯萎。

「剛才的魔法是什麼？」

弗雷訝異地瞪大雙眼。

「鹽之森的岩石含有鹽分與魔力，轉換成粉末便能做為『魔法除草劑』來使用。植物害怕的東西可不只有火而已喔。」

「也就是說，瑪琪雅妳剛才用這廣場的石子做出了除草劑嗎？」

「就是這麼一回事，勒碧絲。」

家鄉「鹽之森」的魔法素材與我最擅長的魔法藥學在此時派上用場，原本包覆在方盒外的樹根與花草已徹底枯萎，剩下盒狀本體裸露在外。

一心急著救出尼洛的我們跑上前。

「啊啊……差點無法呼吸。」

沒等我們行動，盒蓋已自動打開，尼洛從裡頭爬了出來。

他的手裡不知何時已緊握著一顆「褐色」的眼珠。

尼洛似乎在盒裡把吞食自己的花狠狠教訓了一頓，並且奪下對方的眼珠。不愧是尼洛。

這下子我們已收集到【火】、【水】、【地】三種魔導傀儡的眼珠，剩下最後一種。

「好！那接下來呢……先填飽肚子！」

「竟然先吃飯啊。」

「咕～～」我的肚子此時叫了一聲，彷彿在回應弗雷的吐嘈。

哎喲，因為再不補充點能量，我就要累得無法動彈了。

由盧內・路斯奇亞魔法體育研究室經過重重改良，能有效幫助恢復魔力與體力的穀物棒。其中的主要原料是摻著堅果與水果乾碎粒的燕麥片。啊，還有零星的棉花糖跟巧克力。

「這裡面應該沒摻馬鈴薯吧？」

「好久沒有從馬鈴薯飲食限制中解放了……」

正如弗雷與尼洛的牢騷，馬鈴薯專題報告僅在本次課程期間短暫休止。

這款穀物棒雖然平凡無奇，吃習慣之後其實也算美味。大家看似不情願，但肚子大概餓壞了，不發一語地低頭猛吃。總覺得這舉動有點像倉鼠……

這類型的食物吃完容易口渴，還好有能量飲可以補充水分，消耗掉的體力與魔力也盡數恢復了。

「呼～～接下來……」

「只差打倒【風】屬性魔導傀儡了，從一開始碰巧遇到後，就再也不見蹤影了。」

精神與體力平復之後，我跟尼洛切入正題。

我湊近看著地圖，正在思考是否該折返最初遇見那具魔導傀儡的地點。

「組長啊～既然妳是【火】之寵兒，在跟【風】系對戰時請妳安分一點呀。要是一陣風吹過來助長火勢，延燒到我們身上可就糟糕了。」

弗雷又拆開一條穀物棒，同時露出不懷好意的笑容挖苦我。

所以我也隨口敷衍他「那到時候就用乞雨的魔法滅火吧？」

「組長妳不是最怕水了嗎？」

「淋點雨是還好啦，我只是不會游泳而已。」

「『不會游泳』是什麼情況？人類只要身體呈現放鬆狀態，多少都能浮在水面上吧。」

面對尼洛的疑問，我緊握著穀物棒反駁「我就是浮不起來啊！」

「身體會變得僵硬，然後陷入一種錯覺，彷彿被人抓著腳往水底拽。無論拚命掙扎還是乖乖不動，都只會直直往下沉的感覺。」

「屬性寵兒這種體質，實際上有許多苦衷呢……」

勒碧絲這句話令我深表認同地點頭如搗蒜。事實上，這天賦帶來的並非只有便利。

「以前啊，就算溺水也有托爾救我，所以根本不會害怕……」

話說到這裡，我才猛然回過神，所有人都興致勃勃地看了過來。

因為我至今為止，並未對組員們提過太多關於托爾的事。

「托爾……是救世主的守護者之一，上次舞會也在場對吧？」尼洛問。

「我記得他以前曾是瑪琪雅的侍從。」勒碧絲補充。

「那個黑髮小帥哥是吧？組長妳該不會喜歡上自己的家僕吧？」弗雷說。

「我才……」我滿臉通紅地試圖否認，緩緩垂低頭。

要矢口否認這份情感，看來我是辦不到。

「對啦，我就是喜歡托爾啦。明明連入贅的事情都有了眉目，明明他承諾永遠陪伴我，卻因為被選為什麼守護者……嗚嗚嗚……」

我坦率地自曝一切，雙手捧著穀物棒邊啃淚水邊撲簌簌地滴落。

組員們彼此交換著眼神。

「天啊……不會吧，原來是認真的！」

「都怪弗雷同學說那種粗神經的話。」

「喂，瑪琪雅，妳還好吧？要吃還是要哭，專心選一個比較好。」

弗雷、勒碧絲與尼洛分別用充滿個人特色的方式關心我，雖然我分不太出來這究竟是溫柔還是殘酷。

「啊，喂！你們看。」

正值此刻，尼洛起身走出階梯下方的空間，我們也跟上前去。

望向他伸手所指之處，可以看見那具【風】屬性魔導傀儡正發出「喀啦匡啷、喀啦匡啷」

的聲響，滾過位於我們上方的連接走廊，身旁同時還颳著旋風。

一發現目標獵物的蹤影，我的少女淚也縮了回去。

「現身了呢，白色眼珠是我們的了！」

我們急忙收拾行囊，趕緊追上球型魔導傀儡。

然而，抵達剛才發現其蹤影的地點之時，通道對面出現另一組人馬，與我們兩面包夾住魔導傀儡。

偏偏對方還是石榴石第一小組——貝亞特麗切領軍的組別。

我們很清楚彼此的目的為何，因此互相瞪視，眼神之間彷彿迸出火花。

「欸，這隻魔導傀儡可是我們先發現的獵物喔，明白了沒？」

我採取高壓態度進行威嚇。然而貝亞特麗切卻擺出老神在在的模樣，撥動著金髮回應：

「誰管妳那麼多，先搶下眼珠的人就是贏家。難道不是嗎？」

「唔……嗯，是這樣沒錯啦。」

可惡……馬上就畏縮的我被弗雷吐嘈「組長妳也太遜了。」

貝亞特麗切輕輕嗤笑一聲，隨即對後方待命的管家尼可拉斯・赫伯里下令，簡直是在用行動告訴我們先下手為強。

「尼可拉斯！把它收拾掉！」

「收到，貝亞特麗切大小姐。」

尼可拉斯一手撫胸，揚起優雅的微笑，將自己身體的右半部變換為透明的水分。

此舉讓我們石榴石第九小組目瞪口呆。

「噢~呵呵呵！我的尼可拉斯是【水】之寵兒，能將身體一部分轉換為水，操控自如！而且這股水壓連風都能壓制！」

「天啊！小管家原來是【水】屬性體質？」

小管家用那張只剩下一半的臉露出內斂的笑容，說著「其實我上次也有參與屬性寵兒的特別課程……」

我與弗雷雙雙一愣。因為他給我們的印象就是與貝亞特麗切形影不離，所以落單時反而沒認出來嗎？

此時趁我們陷入困惑之際，小管家所操控的水已悄悄流淌於地面。回過神來，才發現水分早已遍布球形魔導傀儡與我們的腳下。

「糟了！被他先發制人了！」

尼洛大喊。幾乎就在同一時間，小管家的【水】形成眾多束狀水流，從地面噴湧而上。這些水朝著【風】屬性魔導傀儡排山倒海而來，將它團團包圍的同時匯流並扭轉，創造出巨大的水柱。魔導傀儡已被困在小管家的手中，不對，應該說水中。

「呃啊~~」

不僅如此，我們也受到噴射水流的波及，被吹往其他迴廊。簡直就像搞笑漫畫裡人被吹飛的畫面。

貝亞特麗切所率領的第一小組成員紛紛發出笑聲，真令人不爽！那群傢伙明明只會袖手旁觀！

「再這樣下去，那隻魔導傀儡就是第一小組的囊中物了。」

尼洛立即站起身，朝著水柱施放各種魔法試圖給予衝擊，但影響力僅止於表層的水面。

那並非單純的天然水分，在屬性寵兒的操控下變換自如，形成宛若堅硬厚重至極的障壁。

「勒碧絲，妳有辦法利用轉移魔法，讓那隻魔導傀儡移動到我們這裡嗎？」

「無法呢。必須再拉近一點距離，可以的話，能直接碰到它是最好。」

「喂，這下糟啦，魔導傀儡快被水壓給壓垮了。看來已經無力回天了。」

尼洛與勒碧絲還在盡力嘗試，弗雷已呈現半放棄狀態。

至於我，則像隻怕水的小狗抖動著身體，甩掉水分。

「現在放棄還太早啦！」

我犀利地直瞪向眼前的水柱，拔下一根自己的頭髮，並借用勒碧絲的長槍。

「妳打算怎麼做？瑪琪雅。」

「我要用高溫在那道水柱上鑿開一個洞，然後拿長槍貫穿魔導傀儡後把它推出來。」

「咦咦咦？」

我向驚訝的組員們仔細說明計畫，尋求他們的協助。

所有人對我的提案一致表示贊同，彷彿已下定決心放手一搏。

我將自己的頭髮纏在長槍的尖端，請尼洛精準計算出軌道，再麻煩勒碧絲輔助我施放噴射魔法以發射長槍。至於弗雷，則另有任務交給他執行……

「梅爾・比斯・瑪琪雅──火焰長槍，貫穿吧！」

趁長槍的尖端在我的熱魔法加持下燙得發紅時，立刻朝水柱投擲過去。

細長的槍身突破厚實的水柱，雖然未順利貫穿【風】屬性魔導傀儡，但擦過了它的軀幹。接著又穿透另一側水面而出，刺中對面的鹽岩壁。

「什麼？」

製造水柱的尼可拉斯・赫伯里與其主人貝亞特麗切，雙雙被我們的奇招嚇得目瞪口呆。

不一會兒，水柱湧現蒸氣，在巨響中迸裂並瓦解。

恐怕是小管家挨不住高溫而自行解除了。

從水柱中重獲自由的球型魔導傀儡，在地面再次猛打轉起來。應該說它的氣勢相當懾人，感覺像是故障而陷入暴走狀態。

此舉製造出前所未見的強勁颶風，連周邊的水蒸氣也被捲入，所有人束手無策。距離最近的第一小組成員，光是彎著身子用魔法障壁抵禦，似乎就已快瀕臨極限。

但是，沒錯，對方的弱點依舊不變，只要能封住那隻魔導傀儡的「行動」就行了。

「弗雷，趁現在！」

弗雷本人不見蹤影，但是——

「弗雷・伊・諾爾——震盪然後裂開吧！」

正當他那隨口亂取的咒語從某處傳來之時，魔導傀儡所處位置的正下方產生了大規模的地裂，被卡在裂縫中的魔導傀儡停止旋轉。

它一靜止下來，旋風也隨之休止，預想到這一點的我們早已折返原本的迴廊上。弗雷也從迴廊正下方探出了身子。

身為【地】之寵兒的他，在迴廊下方也能行走自如，而且地裂系魔法是他拿手絕活。

「真是的，要我潛到那傢伙的正下方發動地裂，組長妳也太強人所難了吧。」

「別囉嗦了，弗雷。快去把眼珠搶下！你腳程最快了不是嗎！」

被卡在地裂縫隙中的【風】屬性球型機器人，原地震動了一會兒後似乎完全故障。此時，它的白色眼珠正巧掉了出來。

「很好！由我拿下啦！」

弗雷搶先衝上前去，朝著滾落的眼珠伸出手。就在這時——

「恕我失禮了，殿下！」

「咦咦？」

貝特亞麗切竟然看穿我們的一舉一動，對弗雷施加了縛身術。可惡的貝特亞麗切，對堂堂五王子幹了什麼好事！

白色眼珠從弗雷手中溜走，逕自滾呀滾、滾呀滾……

「糟了！要掉下迴廊啦，組長！」

「尼可拉斯，上吧！」

我原本已在白色眼珠的最近距離，朝它伸出手，但小管家也以敏捷身手奔了過來。

我們幾乎在同一時間朝白色眼珠撲了上去。

然而，當我們面對面觸碰到彼此的手時，小管家不知為何縮回了手。也就是說，率先奪得目標物的人——

「我拿下白色眼珠啦！」

正是我，就是本小姐！我高舉起戰利品炫耀。

不知何時開始，其他組別的同學也來圍觀這場第一小組對第九小組的戰役，他們的掌聲從四面八方傳來。謝謝、謝謝大家！

「這……真是太離譜了！」

只有貝亞特麗切震驚得張大嘴，一副無法接受現實的模樣。

存在感形同空氣的第一小組其他成員也一樣。

「請節哀囉，貝亞特麗切。畢竟先拿下眼珠的就是贏家對吧？那這次就是足智多謀、鍥而不捨的我們獲勝囉。噢～呵呵呵呵呵！」

見我裝模作樣地放聲大笑，貝亞特麗切露出恨得牙癢癢的表情，真是大快人心。

「大小姐，萬分抱歉。」小管家則沮喪地向主人低頭謝罪。

總覺得他的臉色帶著潮紅……

「不，你已經盡力了，尼可拉斯。先別說這些……」

貝亞特麗切並未責怪小管家，反而伸手碰了他的額頭與臉頰好幾下。隨後她溫柔握住對方的手，臉色變得凝重。

「難不成小管家你的手被灼傷了？是何時的事？被槍穿透的時候嗎？你的肚子該不會破洞了吧？」

我在一旁鐵青了臉，沒想到，小管家發出「哈哈哈」的爽朗笑聲。

「寵兒利用自身體質所生成的水分，就算被貫穿也不會對本體造成傷害的。只不過，妳的長槍所注入的高溫讓我熱暈罷了。」

「啊，這麼說才想起來，【水】之寵兒無法招架高溫呢……所以你當時才解除水柱嗎？」

「是的。【水】屬性意外地不耐熱。而我手上的灼傷，想必是在爭奪眼珠時，直接觸碰到瑪琪雅小姐妳的手而造成的吧。哎呀~真的很燙呢。」

原來如此，所以小管家當時才會一碰到我就主動退縮了嗎？

不過，我的腦海中同時也浮現出另一個疑問。

原來小管家是【水】之寵兒。據說在王都襲擊我的藍色小丑也具有【水】屬性體質，但我的熱能卻似乎對那個小丑不管用……

「嗯？」

「啪滋啪滋……」不知怎麼地，腳底下傳來令人不安的崩裂聲。正當狐疑之時。

「哇、哇啊啊啊啊啊啊！」

由於剛才發動地裂魔法的緣故，迴廊這一帶的地面一口氣迸裂開來。我們第九小組所有人與第一小組的部分成員，隨著崩塌的立足處一同墜落。

其他組員都被圓碟狀的救生艇接住，唯獨我一人被遺漏，持續下墜並穿過層層迷宮。

彷彿被吸進無盡黑暗的深淵之中。

第七話　學園島迷宮歷險（下）

「啪唰──」

水花狠狠打在我身上。看來墜落的盡頭處是水塘，而我沉入其中。

雖然因此撿回一條命，但剛才的撞擊力道讓我全身發疼。水淹沒了我，把我拖進黑暗深淵之中……

回憶霎時湧現。

記得是在我十二歲的時候吧？我被招待前往比格列茲公爵家，在他們庭院的池塘裡溺水了。

那一天正好是我的兒時玩伴，公爵千金絲米爾妲的生日。

公爵宅邸的庭院池塘中開著罕見的大朵睡蓮。絲米爾妲說睡蓮的葉片給人踩上去行走都沒問題。

『瑪琪雅，妳上去看看嘛。難不成妳怕水啊？』

我也真是的，被絲米爾妲這樣一激，就逞強踏上了葉片。後來整個人直接翻覆，噗通一聲掉進池子裡。

如今想想，自己都覺得真傻。由於【火】屬性體質的關係，我被水拽著下墜……那是我頭一次體驗到這股感覺所帶來的恐懼。

既冰冷又喘不過氣，水面的光線離我越來越遠，意識也逐漸朦朧……

說不上來為什麼，但我大概明白了自己是被「水」所厭惡的。

『小姐！』

當時，飛身跳入池裡把我拉上岸的人，是以侍從身分隨我同行的托爾。

『小姐，您是傻了嗎！明知自己不諳水性！您這個笨蛋！笨小姐！』

這傢伙才把我拉上岸就對著自己主人直罵笨蛋，但這一次他罵得確實有道理，令我啞口無言。

而且我記得自己當時猛打哆嗦，根本沒多餘心思回嘴。

之所以會發抖，並不是因為弄濕身體而覺得冷的關係。身體著涼，我只要發揮自己的高體溫就能設法解決，衣服跟頭髮也不用多久就乾了。

但恐懼卻揮之不去，水就是令我害怕。

因為我透過水感受到，棲宿其中的精靈針對我發出類似敵意的不友善訊號。

見我如此，托爾便將自己的外套披上我的肩，並說道：

『別擔心，小姐身旁隨時有我在。只要您落水，我永遠都會伸手拉您上岸，就如同您熔化我的枷鎖一樣。』

托爾遵守這句承諾，總是與我形影不離，在旁守護並為我排除所有危險。而我也為了不讓他費神牽掛，開始對自身的所作所為產生了責任感。

即使托爾不在身邊，我仍必須一個人學會堅強。

在這種地方丟了性命，我可不能接受。

○

「咳咳！哈……」

我伏趴在地上，被水嗆得猛咳。

會被嗆到就表示還有呼吸，我還活著，而我的手裡仍緊握著白色眼珠。

「喲～瑪琪雅・歐蒂利爾，看來妳大難不死嘛。」

陌生的男子聲音從我頭上傳來。

那低沉的嗓音彷彿正忍著笑意。原本模糊的意識猛然被拉回現實世界，我抬起臉。

「是、是誰？」

對方有著灰色短髮與一藍一綠的異色眼眸，以及比這些更具存在感的兩個大黑眼圈。眼前出現的男人，一看就是個臉色很差又面相兇惡的男人。

而且他還打著赤膊，袒露出鍛鍊得精實且布滿舊傷疤的胴體。男子臉上浮現的駭人笑容令人聯想到惡魔，他還露出尖銳的獠牙，從上方俯視著我。

這個人就是先前在王都跟蹤我的男人。

「你、你是上次那個……」

我拖著濕透的身子往後退。

咻——

銳利的小刀擦身飛過我。

似乎是灰髮男子投擲過來的。我摸了摸臉頰，確認剛才掠過的觸感，結果滿手是血。我頓時鐵青了臉，他果然是來向我索命的！

「你、你……是來取我性命嗎？」

為求自保，我高舉起戒指並進入備戰狀態。

「哈！蠢貨，我是看泉裡的水蛭吸在妳臉上，才好心幫妳弄掉耶。」

「咦……」

戰戰兢兢轉過身，發現背後有一棵巨大古樹，上頭插著一隻被小刀貫穿的水蛭。

所以我臉上的血也並非來自割傷，而是水蛭的血？

「咦？現在是什麼狀況？我剛才不是溺水了嗎？」

「搞什麼啊妳，連迷宮的構造都沒搞清楚，就成功從『靜謐之泉』逃脫了嗎？」

「靜謐之泉？」

男子「喏」了一聲，伸手指向上方。

我抬起臉，看見上空並非岩洞的頂端，而是一片水波蕩漾。

難道我剛才穿過水面，掉進這地方嗎……

「我說妳啊，還真能在水裡保持冷靜呢。那是用來區隔第一迷宮與第二迷宮的『靜謐之泉』，在泉裡胡亂掙扎的話絕對無法脫身。只要靜止不動往下沉，就能順利降落在這座第二迷宮。那機關是『白之賢者』在遠古之前所設置的，並命令外形化為水蛭型態的水之精靈看守，所以那片水裡才會充滿大水蛭。這些事只有極少數的人知情……所以妳早就知道了嗎？」

「呃，不……」

我搖了搖頭，然後重新望向上空的水面。

從下往上仰望水面，實在是很稀奇的體驗。也只有魔法能造就這般奇景了。

身為【火】之寵兒的我，在水中連掙扎的力氣都沒有，所以才順利通過？這道理也令人百思不解。

「你也穿過那片泉水抵達這裡嗎？」

「是呀，沒錯。害我變成落湯雞，還被吸了血，真夠氣的。本大爺最討厭身子被弄濕啦，而且也痛恨水蛭。」

一臉凶神惡煞的灰髮男把掉落在腳邊的水蛭踩爛，同時用粗暴的語氣發牢騷。

話說回來，總覺得他的說話口氣有點耳熟。

灰髮男子用刺探的眼神望向我，並把外套用力擰乾後甩了甩，豪邁地披上肩。

「不會吧……」

那件外套徹底嚇壞了我。

是白色的主教長袍。

掛在衣領上的灰色聖帶，正是梵斐爾教裡高階主教的象徵。

灰髮男把滾落一旁的主教冠戴回頭上，儼然湊齊了全套裝束。不過，頭冠上原本應該給人聖潔印象的面紗如今黏在臉上，似乎令他很煩躁。

他的表情還是與這身德高望重的造型兜不起來，反而帶著邪惡之氣，一藍一綠的異色眼眸閃著銳利的凶光……

「所以，我問妳，本大爺的諄諄教誨有發揮作用嗎？」

最後我總算恍然大悟。

「啊啊啊啊啊啊！你就是迪莫大教堂裡的那個囂張蠻橫又沒口德的主教！」

「妳這傢伙，敢在德高望重的本大爺面前出言不遜啊。還有，不許用手指直指著別人！扣五分！」

「扣分？」

雖然搞不懂哪裡被扣了什麼分，但我的腦袋陷入一片混亂。

無法置信！這個一臉擺明絕非善類的男人是主教？

呃，雖然我也常被說有壞女人的面相，所以明白人不可貌相這個道理啦……

咦？是說迪莫大教堂的主教為何會出現在這裡？

男子無視一頭霧水的我，手持著掛有吊燈的主教權杖，粗魯地揮動著。霎時，吊燈亮起青白色的火焰，照亮周遭。

現在總算有餘力確認周圍環境，令我驚訝的是，這裡與第一迷宮的構造大不相同。

四周是一整片寬廣且昏暗的荒野，與德里亞領地有幾分相似。

高聳的紅杉樹零星分布於這片大地，光源穿透上方水塘，形成一道道光束灑落地面。

「這裡……是什麼地方？」

「呆子，我剛才不就說了嗎？這裡是第二迷宮。盧內・路斯奇亞魔法學校的地底迷宮啦。」

「可是，這景色怎麼看都是荒野吧，一點都沒有軍事堡壘該有的樣子。」

「虧妳還是在魔法學校求學的魔女，適應性真差耶。扣七分。」

主教邊掏耳朵邊口吐惡言。

「盧內・路斯奇亞魔法學校是由多位大魔法師打造而成的魔法要塞，防禦機能固若金湯。其中最難以攻陷的關卡，就是這座深達五層的地下迷宮——我曾聽那傢伙這麼說過。」

……那傢伙？

「第一迷宮是『鹽岩迷境』，第二迷宮是『末路荒野』，指的正是這裡。然後第三迷宮是『天空孤城』，第四迷宮是『鏡面屋邸』，第五迷宮則是——」

不知他是語帶保留還是真不知情，主教大人怪腔怪調地「呃～」了一聲後說道：

「總之，地底有這五層各具特色且彼此相連的迷宮啦。我聽說成功到達最底層第五迷宮之人，只有創立這所魔法學校的元老們而已喔。」

「……最底層是藏了什麼重要的東西嗎？」

「噢，看來妳只有直覺還滿準的嘛。加二分。」

我目前只理解到，自己掉進了共有五層的學園島迷宮裡的第二層……

「從剛才就不停扣分又加分的，到底代表什麼？」

「自從妳被選為守護者之後，我就持續對妳進行監視跟評分啦。但從這反應看來，妳似乎毫無察覺就是了。遲鈍得可怕的呆瓜，好啦，扣十分。」

「……」

才剛被誇獎直覺敏銳，現在又被貶成遲鈍的呆瓜……

主教一甩不知何時已徹底乾燥的主教袍，伸出大姆指指向自己，同時露出威風凜凜的表情自我介紹。

「雖然有點遲，還是好心報上大名吧。本大爺叫耶司嘉，是高高在上的主教，受梵斐爾教國指派而來，同時也是負責檢驗妳是否夠格擔任守護者的審查官。簡單來說，妳的命運就掌握在本大爺手上。咯哈哈哈哈哈！」

「……真的假的？」

我來不及吞回內心冒出的這個疑問，不小心脫口而出。同時還搭配目瞪口呆的表情。

耶司嘉主教露出邪惡的笑容繼續說「我說的話假得了嗎？呆瓜！」

隨後他拿著權杖轉身背對我，朝著荒野直直前進。

我也邊運用自己的體溫烘乾衣服與頭髮，邊急忙跟上前去。畢竟我可不想被獨自留在這。

「嗯？」

我的注意力聚焦在主教手上的權杖頭部垂掛的吊燈，裡面亮著青白色的火焰。定睛一看，那簇火焰長著四肢，還有眼睛、嘴巴跟牙齒。

明明只是團火焰卻狂暴地衝撞，彷彿快把吊燈弄壞了。

「這是……鬼火對吧？是魔物。」

「是啊，沒錯。威爾・奧・唯普斯——通稱為『愚者鬼火』。自古以來便棲息於福萊吉爾皇國，在人類的聚落作亂。它們屬於『魔物』的一種，不是精靈。」

魔物這東西，其實我還是頭一次親眼見識，因為路斯奇亞王國這裡幾乎不存在。

我把臉湊上去認真觀察，鬼火便朝我齜牙咧嘴並發出「哈～～」的威嚇聲，還真有氣勢……

話說回來，他是守護者的審查官是吧？依稀記得尤利西斯老師曾說過，我的守護者資格好像會交由梵斐爾教國的使者來評斷的樣子……

此時，我猛然驚覺某個事實。

「難道您在王都接近我，也是為了檢驗什麼嗎？」

「妳總～算領悟啦，大呆瓜。本大爺原本想試試妳的實力，結果妳給我夾著尾巴逃跑了。那一次扣了五十分有吧。」

「……」

總歸一句，他對我的評價不怎麼好。

我也不求在守護者這個身分上得到多高的肯定，卻對「被別人打分數」有種莫名的恐懼，想必是源自前世的可悲天性。

「所以說……主教大人，您出現在此的目的也是為了監視我？」

我眼神閃爍地瞥向主教，試著探探他的底細。

盧內‧路斯奇亞魔法學校嚴禁外人擅自出入，更不用說這座學園島迷宮了。

主教沒回應我的疑問，從剛才就仰頭凝望著天空。

該稱作天空嗎？或許說水塘比較正確。正當我發現原本風平浪靜的水面上空似乎微微波動起來，下一瞬間便開始波濤洶湧。

「喂，上頭有個令人不爽的廢物要下來囉。」

「嘖！」主教發出不耐煩的咂嘴聲。

上空的水面出現漩渦狀的洞，光線從中灑下，一個身影降落地面。

那是我從未見過的巨型魔導傀儡。

它在背光的照射下展開機械翅膀，頭上頂著一個細細的圓環。

那模樣簡直有如天使，但交握的機械雙手卻長得像人類的指骨，而且眼窩裡少了眼睛，露出兩個窟窿，臉上還掛著笑容。這造型令我感到毛骨悚然。

「那、那那、那是什麼東西啊？」

它給我的感覺，有別於在第一迷宮裡跟學生交手的那些魔導傀儡。

耶司嘉主教咧嘴一笑，將掛著鬼火吊燈的權杖與頭冠硬塞給我保管。

「這個長得一副道貌岸然的廢物，是用來驅逐非法入侵者的魔導傀儡吧，已經進入高度警戒模式。」

「我、我只是摔下來而已耶？」

就在我們對話的同時，天使型態的魔導傀儡揮舞著長臂，以猛烈的氣勢朝我們襲來。

「哇！」

我被耶司嘉主教按住頭，臉直接貼往地面。此舉雖然幫助我躲過攻擊，但也害我這個淑女的臉沾滿泥巴。

「呸、呸！嘴裡都是泥巴味。」

「妳就給我乖乖趴在這，見識本大爺進行制裁的過程吧。這具廢物就由我來華麗地報廢掉！」

「咦？」

抬起臉一看，發現耶司嘉主教面露無畏的笑容，從主教袍的寬鬆袖口裡取出一把槍械，看起來是在路斯奇亞王國不太常見的武器。

是步槍！他的衣服哪裡有空間藏得住這麼大一把槍？

耶司嘉主教架好步槍，開始朝著魔導傀儡連續射擊。

「咯、哈哈哈哈哈哈！去死吧去死吧去死吧去死吧，沒用的廢物！冒牌的聖人！那張皮笑肉不笑的表情令人不爽到極點啦！」

在片刻未停歇的激烈槍擊聲中，仍能清楚聽見主教那番不符身分的發言。

子彈一耗盡，他又從主教袍裡取出新的彈匣。接著以敏捷的身手輕易閃過【光】屬性魔導傀儡的攻擊，猶如身經百戰的軍人。再用迅雷不及掩耳的速度跳到魔導傀儡正上方，以天使光環為立足點，一臉冷酷地將步槍槍口抵上對方頭頂。

多層相連的精密魔法陣，開始以此點為中心凝聚起來。

這畫面意味著他在未詠唱咒語的狀態下，直接發動召喚魔法，借助了多種精靈的力量。

「梅・蒂耶——救贖可憐的鋼鐵人偶吧。」

槍彈從正上方擊穿魔導傀儡，引發猛烈爆炸。

然而，數量與等級都很可觀的魔法障壁也與此同時發動，將爆炸控制在一定範圍內。

這些屏障並非迷宮的安全機制，而是出自耶司嘉主教之手，他的魔法障壁也姑且涵蓋了我的上方。

「好、好厲害。」

雖然他口無遮攔，戰鬥方式也完全不像個主教，但透過這場打鬥，我清楚了解到他還是個身手不凡的魔法師。

「嘖！沒想到是個這麼弱的小角色，真無趣。」

而且他還如此游刃有餘，這位主教到底是何方神聖……

「啊！」

【光】屬性魔導傀儡的頭部滾到我的腳邊，頭殼被擊穿卻仍保留半張原貌，張著口發出咕咕聲響。這東西做得還真頑強啊。

我猛力踩住它，用擅長的金屬熔解魔法給予致命一擊。

「那個，主教大人，請問一下……」

「妳剛才那一招還真惡毒耶？」

「我想回去上面的樓層，該怎麼做？我得跟組員們會合才行。請開示我吧，主教大人。」

我華麗地無視主教的指責，擺出祈禱姿勢，請他指引迷途羔羊。

雖然成功湊齊眼珠，但若未能回去跟組員會合，本次課題就不算過關。

「真是個厚臉皮的傢伙，不愧是世上最邪惡的魔女……不，算了。跟我來。」

耶司嘉主教斜眼一瞥起火燃燒的魔導傀儡殘骸，滿不在乎地穿越荒野。

我也老實地跟隨他前進。

這片荒野上布滿許多地裂痕跡，窺探其中卻能見到另一側是萬里晴空，讓人陷入一種奇妙的錯覺。地面裂縫裡透出的是藍天？

「喂，那叫『空間裂痕』，要是失足，就會下墜到第三迷宮喔。」

原來如此。那片青空是屬於下一層迷宮的範圍啊。

對了，他剛才說過第三迷宮是『天空孤城』對吧，想必又是另一片奇幻的天地。

「啊！」

這時才發現，有個物體佇立於遠方的荒野之上。

是一道構造簡約的古老石門。

石門兩旁並無銜接牆面，前後左右只有平坦遼闊的原野，唯獨這道門孤立於其中。

這讓我回想起前世的世界裡，有個機器貓可以從口袋裡掏出家喻戶曉的道具門，前往任何地方……

「想回到第一迷宮，只需要通過這道門，搭乘對面的升降魔法陣就行了。不過，在這之前……」

主教耶司嘉逼近我，瞪大他那雙異色眼，質問我說：

「瑪琪雅・歐蒂利爾，敵人的真面目妳有頭緒了嗎？」

他的問題讓我繃緊表情。

「敵人嗎……我是有幾個在意的疑點……包含對方真的是【水】之寵兒嗎？」

貝亞特麗切的管家──尼可拉斯・赫伯里同為【水】屬性體質，被我觸碰時遭到灼傷。那我的發熱體質在「那時候」應該也對藍色小丑管用才是。

不，或許還有另一個可能……在王宮暗算愛理的犯人其實另有其人，並不是藍色小丑？又或者，尼可拉斯是刻意營造出灼傷的假象？

這麼說起來，愛理遇襲那天，貝亞特麗切也在宮裡……

「咯哈哈，既然敵方鎖定的目標是救世主與守護者，妳應該是最好下手的目標吧。但這同時也意味著，只有妳能找出與真凶有關的線索。」

「……」

主教如此說。我仰頭瞄了他一眼。

「主教大人，該不會你就是真正的犯人，為了測試我而引發這些事件吧？」

「哈！這樣的劇情發展很新鮮，但很可惜並不是。身為審查官的本大爺是不會插手的旁觀者，我的職責是在這些事件過程中，檢視守護者的『資質』。」

主教露出尖銳的獠牙，勾起彎月般的笑容。

「畢竟，要是在這裡就差點丟了性命，接下來的關卡也無法倖存啦。」

他的口氣彷彿早已預知，今後的紛爭會有多轟轟烈烈。

「順、順便問一下，我目前的分數如何……」

「啥？那當然是不及格中的不及格！」

主教在我面前用雙手比出大大一個叉，再次堅決地宣告「不及格！」好像怕我沒聽見似的。

「這次是為了舒展一下久未活動的筋骨，才好心出面幹掉那個廢物機器人，順便救妳的小命罷了。下不為例啊，瑪琪雅・歐蒂利爾。」

我用自己的解讀將這句話銘記在心，低頭致意。

「是，我明白。謝謝您。多虧有主教大人相救，我才撿回一條命。」

「嗯，很好。看在妳懂得開口感謝的份上，加十分！」

「我是哪來的三歲小孩嗎？」

雖然這主教大人長得兇又沒口德，但只要對方乖巧聽話，倒是願意給予肯定。

「好了，快出發啦妳。」

「好痛！」

難得我總算對他產生一丁點敬意，卻被他一腳踹往門邊。

竟然對黛綠年華的少女動手動腳，這主教果然沒天良！

「您不上去嗎？」

「我有事要去第四階的『鏡面屋邸』一趟。幹嘛，不用擔心啦。門的另一側有那個黑心精靈魔法師在等著。就連待在這裡，也能聞到那傢伙的魔力中散發出的濃濃發酵味。哼！糟透了。」

「什麼？」

「不多說啦，反正妳快點給我回去吧。呿、呿！別再摔下來啦，臭小鬼。」

我一頭霧水，不過仍照著他的指示打開眼前的石門。

門的另一端是條昏暗的通道。

我下意識地往回望，但主教已不見蹤影。

「嗚～嗚～」

「嗯？」

然而，只剩那團青白色的小巧鬼火出現在我腳邊，拉著我的長袍下襬。

是耶司嘉主教留下的嗎？要我帶它一起回去的意思？

「算了，好吧。威爾．奧．唯普斯，過來吧。這名字太長了，簡稱為唯普斯好不好？」

「嘰嘰！嗚嘎～」

「好痛！」

這凶暴的小傢伙狠狠往我腳上一咬。不愧是魔物，感覺不會乖乖聽命於人。

但我可是【火】之寵兒。我用手緊緊抓住唯普斯，直接踏入已敞開的石門另一側。關上石門，周圍頓時陷入黑暗，所幸有唯普斯發出的青白色火光，讓沿路保持一定的可見度。我快步前進——

「辛苦妳了，瑪琪雅小姐。」

「尤利西斯老師！」

出現在通道盡頭的，是教授精靈魔法學的尤利西斯老師，安心感瞬間湧上心頭。

「十分抱歉，瑪琪雅小姐。這次又因為校方的疏失，讓妳碰上危險。」

「呃，沒關係。反正有主教大人出面解救了我。」

「噢噢，妳遇見耶司嘉主教了是吧。」

「對，老師跟他認識嗎？」

「當然，我們是舊識了。我自幼便多次探訪教國，與耶司嘉主教有一定程度的交情。」

尤利西斯老師和藹地微笑，總覺得他的笑容耐人尋味。

「啊啊，原來如此。所以他才會……」

耶司嘉主教剛才提過門的另一端有人。

還說對方是什麼黑心精靈魔法師啦、魔力有股發酵般的味道啦，講話真失禮。

尤利西斯老師有著爽朗笑容，又是個受人尊敬的師長，身上還散發微微的香氣。何況人家貴為本國的二王子……主教真的是在說老師嗎？

「我跟耶司嘉主教在門外分道揚鑣了，他一個人真的沒問題嗎？」

「嗯，無須擔心。主教是去第四迷宮『鏡面屋邸』，替安放在那邊的世界樹『梵比羅弗斯』的聖枝澆上聖水。」

「是開學典禮時展示的那個世界樹聖枝嗎？」

「是的，沒錯。世界樹就連餘枝也寄宿著莫大的恩惠力量。然而，若不定期施予來自聖地的聖水，便會枯萎死去。別看耶司嘉主教那副樣子，他是位階非常高的大主教，負責替世界樹的聖枝灌溉聖水這項重責大任。」

世界樹「梵比羅弗斯」。

它的存在可追溯至梅蒂亞神話時代，是梵斐爾教的信仰中心。

雖然未曾親眼拜見過巨木本體，但既然我身為守護者，就算不情願，也將在明年春天一睹其尊容吧。

「對了，瑪琪雅小姐。妳看過這張畫作了嗎？」

尤利西斯老師邀我來到通道盡頭處，正前方的牆堵上方掛著一幅畫。

看起來是很有年代的油畫。老師舉起魔法杖，用淡淡的暖色火光照亮畫作。

我緩緩瞪大了眼。

上面描繪的是三位魔法師在大托盤上層層堆疊著某些物品，就像在玩積木遊戲。這是……

「這畫作是關於這座盧內・路斯奇亞魔法學校的創始過程。依據一般說法，本校是由白之賢者在約莫五百年前創立，但其實，是由傳說中的三大魔法師以白之賢者的構想為基礎，合力打造而成的要塞才對。」

「傳說中的三大魔法師……是指『黑之魔王』、『白之賢者』與『紅之魔女』對嗎？」

「沒錯。黑之魔王提供要塞的建築設計圖與空間魔法，並貢獻自己的鮮血與眼球；紅之魔女則負責要塞的主要建材——鹽之森的鹽岩，也貢獻了自己的鮮血與眼球；白之賢者布署管理要塞的精靈人力，同樣貢獻了自己的鮮血與眼球。」

畫裡的三人分別是披著黑披風的男子、身穿白色長袍的長髮男，以及戴著尖帽子、身穿紅色長禮袍的魔女。

他們正是在五百年前真實存在過的三位偉大魔法師。

是說老師剛才輕描淡寫地提及他們貢獻了鮮血與眼球……光想像就令我直冒雞皮疙瘩。

「順帶一提，本次的『迷宮遊戲』會同樣採用收集魔導傀儡眼球的規則，正是潘校長發想自三大魔法師為本校奉獻的這則軼聞，靈光一閃而設計出的課程喔。」

「原、原來是這樣……」

尤利西斯老師還興高采烈似地津津樂道。

真沒料到收集眼珠這活動，竟然是源自這裡。不過……

「聽說三大魔法師彼此交惡，原來他們也會互相交流，攜手進行創作啊。」

「的確是。雖然有種種過節，但三人還是肯定彼此的實力。因為擁有強大的力量，讓他們同樣感到高處不勝寒。到頭來，能並列在同一舞台上並相知相惜的，也只有他們彼此了吧。」

老師的眼神彷彿穿透了壁畫，凝望著某個遠方。

「因為我深信著……他們打造出盧內．路斯奇亞魔法學校的用意，並非為了破壞與毀滅，而是嘗試運用與生俱來的強大力量，證明自己也有創造與新生的能力。」

「老師？」

「我是如此認為的，這間學校承載了他們滿滿的意念。」

接著他伸手觸碰畫作，動作宛如輕撫般溫柔。

不知怎麼地，這引起我的懷古之情，甚至覺得有些浪漫。

包含自己身上流著盧內・路斯奇亞的創始人之一「紅之魔女」的血脈這一點。

「但是，這麼重要的事情怎麼沒記載於魔法世界史的課本裡？」

「這個嘛……因為背負著制裁大魔法師使命的『救世主』從異世界受召喚而來，最終成為了正義的一方。」

接著老師伸出食指抵在嘴邊，壓低了眼神。

「所謂的歷史，越是重要的部分越是不為人所知。」

他的表情正如悄悄洩漏著機密。

「噢，不小心在這裡對妳講起課來了。來，我們上去吧。第九組的同學們想必很擔心妳吧。」

老師用手上的魔杖戳往正下方的魔法陣。

魔法陣散發出淡淡光芒，同時從地面往上延伸為柱狀，承載著我們往上升。他為我說明，學園島迷宮裡設有許多類似升降機關。

「啊，找到組長了！」

「瑪琪雅妳沒事吧？」

「有沒有受傷？」

回到第一迷宮的我，馬上與弗雷、尼洛及勒碧絲會合。

他們心急如焚，並說明我墜落後發生的種種經過。

據悉後來同學們受迷宮內的毒氣所影響而開始暴動，各小組展開了眼球爭奪戰。第九小組成員一面設法死守眼珠，一面慌亂逃竄。

這什麼情形？在我不在的期間，賽況竟然變得如此有趣……

「啊，對了對了，這是【風】屬性魔導傀儡的眼珠。」

我從口袋裡掏出白色眼球。雖然路上一波三折，所幸沒弄丟。

「嗚嘎～嗚嘎嘎～」

「喂，那是什麼玩意兒啊？組長。」

弗雷順道發現了待在我口袋中的鬼火。

「喔喔，這是我在第二迷宮遇見主教大人時，他帶在身邊的東西。」

「……什麼？」

「算了，說來話長，晚點再解釋。總之先逃出這裡吧。」

我們所有人已精疲力盡，恨不得早點從這座地下迷宮中解脫。

魔導傀儡的運作聲與狂暴化的學生發出的怒吼與尖叫不時傳來，但我現在只想吃點好吃的，洗個澡上床睡覺。

這些欲望戰勝了一切，於是我們看著地圖選擇最短路徑，往出口前進。

正如導覽手冊所說明，將四顆眼珠塞進岩壁上的凹洞裡，打開石門便能順利脫逃。

「石榴石第九小組，成功脫逃，你們是第二名！」

才一踏出迷宮，便傳來萊拉老師中氣十足的吆喝。

嗯？是說，第二名？

「哎呀呀～瑪琪雅・歐蒂利爾。原來妳大難不死啊。不過還請見諒囉，我們捷足先登了。」

「貝、貝亞特麗切！」

貝亞特麗切朝著累垮的我們走上前來，落落大方地撥動她的金色長髮。

「率先成功逃脫的是我們。沒錯，正是我們石榴石第一小組。因此，這場對決獲勝的是我們！」

「可、可惡～～別再三強調『我們』啦！」

就結果來說，貝亞特麗切所領軍的第一組確實讓我們俯首稱臣。

「真不甘心、真不甘心，又敗給她啦！」

「該怎麼說呢，妳這種懊悔的反應，無論看幾次都令我感到無比痛快呢……」

貝亞特麗切與我的組員們從上方看著我握拳捶打地面。

「瑪琪雅・歐蒂利爾小姐，妳平安無事即是萬幸。」

唯一溫柔出聲關心並對我伸出手的，是貝亞特麗切的小管家——尼可拉斯・赫伯里。

他手上的灼傷已經過治療與包紮，被我問到「還會痛嗎？」時他才發覺自己伸出的是負傷的那隻手。

「不好意思，尼可拉斯・赫伯里，都是我害你燙傷了。」

而我總算有機會好好跟他道歉。

「不會。我也使用了【水】之寵兒的能力，彼此彼此。話說回來，這次真是折騰妳了，沒料到腳下的地面竟然會崩塌。」

「……」

他的話語之中感受不到任何算計。

尼可拉斯是位兼具品德、教養與同理心的出色管家，貝亞特麗切想必也引以為傲吧。

事實上她也真的在一旁手插著腰，露出洋洋得意的表情。

「尼可拉斯！我們趕緊出發去醫務室了！光是剛才的緊急處理還不夠，會留下疤痕的。」

「是，大小姐。不過，這點傷您無須如此擔心……」

「我才不是擔心！我只是氣不過自己的管家成了瑕疵品而已。」

「呵呵，您說得是。」

於是貝亞特麗切便帶著尼可拉斯迅速離開現場，前往醫務室。

平常總是趾高氣昂的她，雖然口氣尖酸刻薄，其實還是很重視自己的管家嘛。

並肩而行的兩道背影，讓我回憶起過去的自己與托爾。
那種嘴上不饒人，卻仍充滿信任的相處氛圍。
以及只要有彼此在身旁，就能所向無敵的主從關係。

第八話　晚會上的少女們

下學期開學至今，約莫已過了一個月。

王宮派遣使者前來，強迫我收下一封邀請函。

「晚會？」

根據邀請函所述，王宮即將舉辦晚會，要我也一同出席。規模似乎不如夏季舞會那般盛大，而是招待外賓的小型活動

我身為守護者一事明明還沒公開，有什麼理由非要我去不可？

「呃，今晚？這下該怎麼辦好，我只有上次那件禮服可穿耶！」

我一個人在宿舍房內手足無措，此時，勒碧絲從設有盥洗台的另一間房探出臉。她正在把一頭長髮編成三股辮造型。

「瑪琪雅，妳要參加王宮晚會嗎？」

「好像是這樣，啊～真不想去，好憂鬱喔。」

「我以為作為貴族千金，收到王宮晚會的邀請一般都會很開心的。」

「所以勒碧絲妳接到這種邀請會開心嗎？」

「不，一點都不。」

勒碧絲斬釘截鐵地給了一個不令人意外的答案後，便縮回盥洗間。

她的精靈，也就是名為諾亞的夜貓，此時走了出來。諾亞靈活地穿過我腳邊後悄悄爬上窗台，開始曬起日光浴。

「對了，勒碧絲。最近妳好像一放假就往外跑，在忙什麼啊？難道是去跟哪戶人家的少爺約會？」

我也依然故我，露出不懷好意的笑容，把頭探進勒碧絲所在的盥洗間。

「怎麼可能……我是去工作。」

「咦？打工？」

出乎意料的答案，讓我的臉在洗臉台上方的鏡子中映出了吃驚到逗趣的表情。

「嗯～這個嘛，可以算是吧。應該說我擔任某位人物的教師，傳授我們一族的獨門魔法。」

「咦，這件事我還是第一次聽說，妳的學生是誰？」

勒碧絲從鏡子裡瞥了我一眼之後說：

「這個呢……是祕密。」

「祕密是吧。」

「不過，我本來就是為此目的，才從福萊吉爾被派來這裡的囉。」

語畢，整裝完畢的勒碧絲便颯爽地離開了宿舍。

雖然很好奇她的祕密，但我也尚未能對她坦白守護者的事情，算是扯平了吧。畢竟俗話說，保持神祕感是魔女的原則嘛。

「嗚～嗚～」

鬼火正待在被我掛在出入口的吊燈裡，發狂衝撞。眼看吊燈即將摔落地面，我趕緊接個正著。要是摔破的話，事情可就大條了。

「你真是一刻也靜不下來耶，小心我拿水澆熄你喔！」

「嗚嘎～嗚嘎嘎～哈～～～」

還敢威嚇我……精靈可透過締約服從於人類，但魔物可不吃這套。

這隻名為威爾・奧・唯普斯的鬼火，同時也是童話故事裡常登場的魔物，最喜歡惡作劇。個頭看起來小不隆咚，性格卻意外凶暴。只要一被放出吊燈外就馬上咬人，把房裡搞得天翻地覆。之前一時不慎在工作室裡把他放了出來，搞得雞飛狗跳。他把鍋子全打翻，撕破了我們的報告書，還拔了弗雷的頭髮……

雖然恨不得把這傢伙早點歸還給耶司嘉，但從上次以來就沒機會碰面呢。

我一面嘆氣一面把吊燈放在桌上，結果──

「……新來的菜鳥又在鬧個不停了吱。」

「……看來需要給他來一點教育性指導了啵。」

兩隻侏儒倉鼠──咚助與波波太郎不知何時已出現在桌面。

牠們一臉嚴肅地近距離觀察關著唯普斯的吊燈。

「嘰～嘰～、嘰～嘰～」

「放你出來？小菜鳥少給我出言不遜了吱。」

「你把我們當成普通的倉鼠了是啵？我們可是那位尊貴的紅之魔女麾下的眷屬，可謂倉鼠界的傳奇鼠物。」

「倉鼠把等級練到封頂，也是不得了的狠角色吱。」

「叫聲『小倉鼠前輩』來聽聽啵。」

倉鼠界的傳奇鼠物……小倉鼠前輩………

俏皮可愛的語尾助詞，現在反而顯得恐怖。牠們耍狠的態度看起來相當老練，令我也害怕得嚥了一下口水。

這兩隻小倉鼠絕非泛泛之輩。

「是說，你們的等級已經封頂了喔？」

「「嘿！那當然！」」

說起來，我本來就對精靈的等級高低沒什麼概念。不過，牠們好歹也是效命於世上最邪惡魔女的精靈。而且這兩隻小倉鼠前輩對我以外的對象，意外地嚴苛無情。

吊燈裡的唯普斯不知何時也已經端正地跪坐好，乖巧地吸著手指。

時間來到傍晚。前往王宮的這段路程，就由梅迪特舅舅替我準備馬車接送。出發時間會抓得這麼急迫，是因為原本那套禮服會讓我胸口的紋章露餡，於是舅舅去找他另一位外甥女商量，也就是女宿舍監娜吉・梅迪特，拜託她替我準備另一套服裝。

因此，我穿著一件有別於我日常品味的藍色禮服。

禮服尺寸有點偏大，裙襬又長，感覺隨時有絆倒的可能。於是我用誇張的動作把裙子拎得高高的，快步走過長廊。都怪我太心急……

「啊！」

在轉角處險些撞上一位女性。

「不好意思，妳還好嗎？」

「沒事，沒有真的撞到。毋須在意。」

我驚訝地屏息，因為聲音的主人是一位讓人驚為天人的美少女。

那雙琥珀色的眼睛是何等美麗，淡藤紫色的長髮看起來輕柔又夢幻。

她的長髮綁成兩條三股辮，分別在頭部左右側繞成包包頭造型，上面還停留了深紫色的蝴蝶。

一瞬間，我彷彿看見她髮絲上的蝴蝶正拍動著翅膀，但這只是我的錯覺吧。畢竟那應該只是髮飾。

「噢，妳……」

美少女拿起蕾絲材質的摺扇掩口，把我從頭到腳仔細打量了一番。這、這什麼狀況？

「這身禮服不適合妳呢。」

「咦？」

「至少該照妳的身材重新修改一下比較好。啊，妳可以退下了。」

「……」

我拎著被她批評不合身的禮服裙襬，大動作地低頭行禮後轉身離去。

無論是用字遣詞還是行為舉止，都給人格外高高在上的印象。到底是哪戶人家的千金小姐呢？

晚會會場的外頭排排站滿了貴族賓客的隨從，人潮中包含那位貝亞特麗切的管家，尼可拉斯・赫伯里。也就表示，她人也在會場裡吧。

小管家發現我的存在後，對我微微點頭致意。明明姑且處於競爭關係，他的反應卻相當從容自若。

反觀我卻顯得毛毛躁躁，像個可疑分子似地邊東張西望邊進入會場。結果——

「組長！這不是組長嗎？太好啦～組長妳也來啦～陪我作伴吧。」

有位王子第一次時間發現我身影，立刻奔上前來。

「欸，弗雷。你別把我當成王宮裡的唯一浮木，緊巴著我不放好不好？很不舒服耶。」

他是我們小組的成員，弗雷。平常總是對身為組長的我沒大沒小，到了宮裡找不到人依靠，一見到我就像隻流浪狗般黏過來。

「別理我這種人，去物色其他年長大姊姊不就好了。你不是熟女殺手嗎？最近身手有點退步囉。」

「可是，這裡的女人個個都擺出餓虎撲羊般的態度，很嚇人耶。打量我的眼神彷彿說著『五王子感覺不上不下的呢～』真要進攻時卻又裝得矯揉造作。」

「喔……雖然不太懂，但我看你也有很多苦衷呢。」

弗雷鬆開領口的絲巾，同時嘆了一大口氣，接著他用閃爍的眼神瞄了旁邊的我一眼。

「先別說這些。組長，妳今天穿的禮服跟妳不怎麼搭耶？」

「一般來說，這時候應該要稱讚對方吧，就算是客套話也好啊……」

今天已經第二次聽見禮服不適合我的意見。

「話先說在前頭，這可是娜吉姊的禮服喔。」

「咦，天啊！真的假的？」

娜吉姊是我的表姊，也是曾讓弗雷動心又心碎的女人。

「嗯哼嗯哼……」弗雷邊用手遮住我的臉，邊專注地看著禮服本身，接著若有所思地點了點頭。

這個失禮至極的男人是怎樣……

「嗯哼！打擾了。」

此時，弗雷背後傳來一陣低沉嗓音，語氣中聽起來帶著刺。那是我再熟悉不過的聲音。

「托爾！」

站在那裡的正是托爾，臉上默默帶著慍色。然而，他立刻擠出虛偽應付的笑容。

「弗雷殿下，方才達穆爾伯爵家的千金正在找您。」

「呃，是之前介紹的相親對象。唔哇～真麻煩～」

弗雷嘴上雖然這麼說，但他瞄了我跟托爾一眼後，朝我使了個眼色便離場。

看來他姑且還是懂得體貼的。

是說，就連弗雷都有姻緣找上門啊。不愧是王子，瘦死的駱駝比馬大。

托爾把礙事的傢伙趕走之後，轉回身子面向我。

「小姐，好久不見了。」

他充滿騎士風範地對我行了吻手禮。

表現得真像個熟練的都會騎士啊。明明以前還侍奉我這種窮鄉僻壤的俗氣大小姐，如今已變得如此出類拔萃……

「對了，小姐。」

托爾瞇起了細長有神的雙眼，直直盯著我。

被他那對紫羅蘭色的美麗眼眸凝視，我像個戀愛中的少女一樣悸動，心跳微微搶了拍。然而——

「這件禮服，是否有些不適合您？」

「連、連你也！」

托爾邊用手拄著下巴歪頭思考，邊打量著我的禮服造型。

被他這麼一說，我儼然徹底慘敗，沮喪地垂低肩膀。

「唉……其實這套禮服是借來的，剛才也被弗雷嘲笑了一遍。」

「弗雷殿下是嗎？您跟他剛才對話的感覺很親密呢。」

「嗯，畢竟同組嘛，那傢伙在王宮裡好像也沒有容身之處。同樣身為被排除在外的異類，這種時候就聚在一起取暖這樣。」

「這樣啊。」

或許是找到了調侃我的素材，托爾露出壞心的微笑，湊過來注視我。

「沒想到小姐偏好那種類型的男人嗎？」

「咦？你是指王子身分還是性格輕浮的部分？」

「兩者皆是。」

「嗯……」我伸出手指放在嘴邊沉思，同時在腦海中回憶弗雷平時的言行舉止……

答案好像是不可能。

「他其實本性不壞的。啊啊，你不用擔心，弗雷他本來就喜歡年長的女性。就算他身為王子、個性輕佻又愛好女色，我也不可能喜歡上他而吃到苦頭啦。就托爾你的立場，應該是擔心這點對吧？」

「咦？嗯，算是吧。不過，既然如此……那我暫時可以放心了。」

托爾微微飄開了視線。

「哎呀。」下一秒他的態度驟變，無奈地搖搖頭說：

「畢竟小姐以前在德里亞領地時，幾乎沒機會跟我以外的同齡異性交流嘛。這種姑娘踏入光鮮亮麗的都會時很容易出事的，比如被奇怪的蒼蠅纏上啦、被壞男人欺騙感情或是被玩弄啦。」

「這話是什麼意思！我也是有小心保護自己的！不過……我的桃花也沒有多到需要保護自己就是了。托爾你也知道的吧？我給人的第一印象有多差。」

「小姐請別放棄得太早，來日方長、來日方長。」

托爾的兩道眉毛皺成八字型，邊忍住笑意邊輕拍我的頭。

「你還是一樣令人生氣耶！」

真是的，托爾什麼也不知道，我喜歡的就是你啦！

我鼓起雙頰，邊瞪他邊在內心傾訴，但他不可能明白。

就在此時——

「這是怎麼回事！」

一陣怒吼響起，蓋過了優美的音樂，會場頓時鴉雀無聲。

我與托爾雙雙望向聲音來源處。

所有人的目光都集中於一處——站在會場中央怒不可遏的吉爾伯特王子、在他攙扶下哭泣的愛理，以及不知為何出現在此的貝亞特麗切・阿斯塔。

仔細一看，發現愛理的臉頰有點紅腫。

「到、到底發生什麼事了？」

「抱歉，小姐，容我先告辭。」

托爾皺起眉面露難色，急忙趕去騷動現場，愛理立刻掙脫吉爾伯特王子的攙扶，緊緊抱住托爾。

吉爾伯特王子臉上的表情變得更加難看了。

「貝亞特麗切・阿斯塔，妳為何對愛理動粗！」

他嚴厲地譴責貝亞特麗切。

看來狀況是貝亞特麗切打了愛理一巴掌。

貝亞特麗切看著自己顫抖的手，表情扭曲地垂低了頭。

「無論出於何種理由，對至高無上的愛理動手都是不被允許的行為，就算妳身為王宮魔法院院長的孫女也不例外！」

「非常……抱歉……殿下。」

貝亞特麗切努力擠出聲音賠罪。

雖然她低頭道歉，但臉上的表情彷彿仍不服氣。

貝亞特麗切，相信妳早明白對愛理動手的結果非同小可。

為什麼卻偏偏如此？

面對啞口無言並垂下頭的貝亞特麗切，吉爾伯特王子用力瞪著眼，壓低嗓音質問——

「貝亞特麗切，企圖暗殺愛理的人果然就是妳嗎？」

「！」

在旁圍觀這場騷動的貴族賓客們，再次群起譁然。

貝亞特麗切鐵青著臉，連忙搖頭否認。

「這怎麼可能！我什麼也沒做！」

「別裝傻了……經過調查，發現妳近期頻繁出入王宮，行跡可疑地在愛理周遭出沒。」

「那、那是因為——」

「妳命令妳的管家，尼可拉斯·赫伯里對愛理出手對吧。在暗殺救世主未遂事件發生當天，有人目擊妳逃離現場。妳的管家尼可拉斯是【水】之寵兒沒錯吧。」

貝亞特麗切全身發抖，卻仍對懷疑自己的吉爾伯特王子堅定地提出主張。

「我的確在暑假期間出入王宮，但絕無下令尼可拉斯進行暗殺這種事。真是太離譜了！假若我真的企圖在宮裡做出對愛理大人不利的舉動……那我大可自己動手就好，就像現在一樣。」

「妳！」

她的眼眶明顯地緩緩被淚水盈滿。

金色的纖長睫毛正全力阻擋淚水潰堤。

比起受到質疑，唆使管家進行暗殺這項指控更令她心有不甘。

「妳知道剛才自己說了什麼不該說的話嗎！」

「是。但請您相信我，殿下，犯人不是我。我……我每天進宮，只是想見吉爾伯特殿下您一面。」

「……」

吉爾伯特王子本人聽完這番話，表情更添詫異，隨後冷淡地斷言。

「貝亞特麗切，妳要我說幾遍才明白，我們的婚約早已化為白紙一張了。」

這句話讓我總算恍然大悟。

之前吉爾伯特王子曾說過，自己因為成為救世主的守護者而取消婚約。

他的婚約對象，原來正是貝亞特麗切。

「難道妳是對毀婚一事懷恨在心，才傷害愛理嗎？」

「您若要如此解讀我這次動粗的行為，我不會有任何意見。」

貝亞特麗切並未推託卸責。

「但是，關於之前王宮中發生的暗殺未遂事件，我真的毫不知情。我只是想把這個歸還給您……」

她在吉爾伯特王子面前遞上某樣物品。

那是貝亞特麗切之前坐在王都的長椅上所凝視的蛋白石胸針。

「這是……」

吉爾伯特王子似乎也對這東西有印象，露出極為訝異的表情。

他將胸針拿在手上並注視著，雙眼連眨都沒眨一下。

「這是已故的……先王后的遺物，我心想有義務歸還給您。所以，一直想找機會見殿下一面。但是，殿下您似乎一直刻意迴避著我……」

話說至此，貝亞特麗切已忍不住淚如雨下。

她直接掩面放聲大哭，埋得低低的頭簡直快貼上地面。

自尊心極高、總是給人高聲大笑的印象，每次一碰面就用挖苦諷刺回敬我的貝亞特麗切，實在無法想像這樣的她會在公開場合輕易落淚。

如今，她卻在眾目睽睽之下曝露這般姿態。

「貝亞特麗切……」

我朝她奔了過去。因為我再也不忍看她在人前受到苛責，邊哭泣邊顫抖的模樣。

我在貝亞特麗切面前蹲下，抱住她的肩膀試圖袒護她。

總算明白了。

之前在王宮數度巧遇貝亞特麗切的理由是什麼。

以及她望向愛理的眼神中帶著一絲悲傷的原因。

雖然她在校園裡是個令人不順眼的對手，但她內心懷抱的情感大概比誰都更貼近我的心境。

「瑪琪雅・歐蒂利爾？為何妳會出現在這，我可不記得有喚妳到場。給我離開！」

「吉爾伯特殿下。」

我試圖多少替貝亞特麗切挽救一些跌到谷底的名譽，做出一番簡短的主張。

「請恕我直言。貝亞特麗切確實自尊心突破天際，不懂得察言觀色的言行舉止不勝枚舉，還有討人厭的過度自信心與高亢笑聲。」

「……妳！」

貝亞特麗切不假思索地抬起沾滿鼻涕眼淚的臉。

吉爾伯特王子也疑惑地發出一聲「什麼？」但我仍不以為意地繼續說下去。

「但她絕非那種會因為嫉妒就暗算愛理大人性命的卑鄙小人，況且她對尼可拉斯・赫伯里疼愛有加，不可能對他下達那種殘酷的命令！」

「瑪琪雅，妳——」

貝亞特麗切詫異地看著替她說話的我。

「對愛理大人動粗一事，的確是她不對。但是，關於王宮內的暗殺事件，還請您再次明察。」

吉爾伯特王子用充滿憎惡的眼神，瞪著強出鋒頭的我。

然而，就在這時，現身於他身旁的是王宮魔法師尤金・巴契斯特與數名衛兵。

巴契斯特老師神情淡然自若，對吉爾伯特王子低聲耳語，不知說了什麼。

吉爾伯特王子閉上眼，再次緩緩打開之時——

「貝亞特麗切・阿斯塔，妳的管家尼可拉斯・赫伯里將以暗殺救世主未遂之罪嫌遭到拘捕。」

「！」

會場外掀起些許的騷動聲。

在大門的另一側，可見到尼可拉斯被衛兵們逮捕的身影。

不一會兒，貝亞特麗切也被衛兵團團包圍，待在她旁邊的我也連帶受困。

「請、請先等等，殿下！這實在過於武斷了，請問您有何證據？」

「……」

吉爾伯特王子不發一語。他的神情相當凝重，根本不想看向我們。

巴契斯特老師大概報告了什麼足以成為證據的資訊吧，但他似乎並不打算在現場對我說明詳情。

「為什麼，殿下……您應該最了解我跟尼可拉斯的為人，卻……」

話還沒說完，貝亞特麗切突然昏厥了過去。

因為腦袋一時無法處理過於複雜的情緒，而讓心中的不安越發龐大吧。我攙扶著全身無力的她，連連呼喚她的名字。

淚水從貝亞特麗切的眼角滑下，她的臉色蒼白依舊，意識仍未恢復。

怎麼辦？貝亞特麗切跟尼可拉斯真的是凶手嗎？

我回溯著襲擊我的霧刃與藍色小丑的相關記憶，以及在學園島迷宮中發生的種種，內心同時產生一股難以言喻的奇怪感覺。

總覺得這之中有一些矛盾。

吉爾伯特王子用些許憂心的眼神俯視貝亞特麗切片刻，接著便兇狠地怒視我。

「瑪琪雅・歐蒂利爾！妳這次又多管閒事了是吧？關於貝亞特麗切・阿斯塔與尼可拉斯・赫伯里兩人的事情，目前仍處於調查階段，懷疑他們有涉案嫌疑而已。一無所知的妳卻感情用事，擾亂案件的偵辦，真是豈有此理！」

「吉爾伯特殿下……」

他的指責的確有一番道理。

我抱著失去意識的貝亞特麗切，滿臉苦澀地垂低了頭。

愛理則待在托爾的臂彎間，注視著我們。她的眼神彷彿憂心忡忡，同時又像得知犯人落網而鬆了一口氣。

正當吉爾伯特王子打算轉身回到愛理身邊之時，我開口說：

「您犧牲了一切，將周遭所有人視為仇敵，全心守護愛理的做法，是身為守護者的正義沒有錯……」

「……」

「我想您大概是正確的吧。」

聽見我這般獨白般的話語，他轉過身並再一次瞪了過來。

我也平靜地回望向他。

連人情世故都不懂的吉爾伯特王子。貝亞特麗切並不指望挽回你，她只是拚了命地試圖對你死心，然而你卻……

王子對衛兵下達指令，要他們將貝亞特麗切帶走，此時——

「啊哈哈哈哈哈哈哈！」

一陣暢快得誇張的大笑聲，響徹晚會現場。

我心想是誰這麼不會看場合，用犀利的眼神掃視四周，發現一位千金小姐正從出入口旁若無人地朝這裡走來。

是我剛才在轉角處差點撞上的女子，那位有著琥珀色眼眸與淡紫髮色的美少女，一邊手持摺扇往臉上搧風，一邊又笑了。

「原以為晚會枯燥乏味，正打算迎著晚風歸去。沒想到你準備了格外精彩的餘興節目呢，吉爾伯特。」

「呃……不，這並非餘興節目……」

那位吉爾伯特王子竟然會一臉緊張地對人畢恭畢敬。

有著紫藤色頭髮的美少女用摺扇掩口，同時俯視我與貝亞特麗切。

「紅髮姑娘，妳可以帶那位昏過去的姑娘，到小女子房內休息。」

「咦？」

這狀況讓吉爾伯特王子、衛兵與其他貴族賓客全都一陣錯愕。

托爾與愛理也愣愣地眨著眼。

「這、這可萬萬不行！那位姑娘也需要接受審訊，再說，她本來就該為向愛理施暴一事接受究責……」

「噢？只不過打了救世主姑娘一下就要被興師問罪，在小女子看來是有點荒謬。」

這句話讓愛理把原本埋在托爾懷裡的臉轉了過來，靜靜盯著美少女瞧。她或許內心有點不滿。

「不，女士。問題不只如此而已，她還有其他罪嫌在身。況且，這是我國內部事務。」

「吉爾伯特，你還要碎嘴多久？」

摺扇唰一聲闔起。

「你這是在對誰頤指氣使？」

美少女斜眼瞪向吉爾伯特王子，她威嚇的口氣與冰冷的視線讓對方把話打住，乖乖閉嘴。

她散發出意想不到的懾人氣勢，其中隱隱蘊含著魔力。

「呵呵，不會借用太久時間的。小女子對那兩人很感興趣，所以想邀請她們來房裡稍微聊聊罷了。別擔心，小女子不過是一時興起，找點消遣而已。晚點你就可以過來接走她們，接下來要殺要剮都隨你處置，這樣可以吧？」

「我明白了。」

太驚人了。面對那位吉爾伯特王子，她竟然還是如此霸氣胡來，讓對方不敢多吭一聲。那充滿魅惑的琥珀色眼睛與身上飄蕩的甜蜜香氣，讓所有人都為她所傾倒。那落落大方的高貴姿態，更令我也深深著迷。

這女孩到底是何方神聖？

「那麼紅髮姑娘，隨小女子走吧。」

「咦？呃，好的。」

被點名的我還一頭霧水，便在穿著禮服的狀態下揹起貝特亞麗切。

真心想問，現在到底是什麼狀況？貝特亞麗切有夠重的，我還有踩到自己裙襬的風險，但是沒有任何人伸出援手。

唯有托爾試圖起身行動，但馬上被愛理制止，未能上前來。我察覺到他擔憂的眼神，便用唇語告訴他「我沒事」。

吉爾伯特王子見我們即將離開晚會會場，原本也想說些什麼，但強忍了下來。

他手中緊握那枚胸針的動作，我並沒有漏看。

我們一行人離開中央宮殿的晚會場地，前往同建築物內的頂樓層。這裡是招待特殊貴賓的客房。

淡紫藤色頭髮的大小姐邀請我們入內。

「暈倒的那位姑娘，就讓她躺在那張床上休息吧。替換衣物在衣櫥裡多得是，妳也把那件不合身的禮服給脫了，換套舒適點的服裝吧。」

「呃，是。」

我依照對方吩咐，將昏厥的貝亞特麗切安置在房裡有頂篷的公主床上。然後還幫她換了件寬鬆舒適的居家連身裙。

我也順便脫掉這身被連連批評不適合的禮服與令人喘不過氣的馬甲，借了其他尺寸合身的服裝來穿。由於全是領口偏低的款式，我只好隨時留意，盡量把紋章藏好……

在各方面都安頓下來之後，我湊近觀察著貝亞特麗切的睡臉。

「她受了太大的打擊才會這樣，稍微休息片刻就會醒過來吧。」

出面解救我們的大小姐向我搭話。

她也同樣換上了寬鬆的居家連身裙，橫臥在大沙發上。

一副悠悠哉哉的她，把裝在桌上銀托盤裡的葡萄整串拿起來享用，補充著水分。還真是個不拘小節的人。

我朝她走近，正式進行一次自我介紹。

「非常感謝您出手相助。我名叫瑪琪雅・歐蒂利爾，請問您……」

「妳問小女子是誰嗎？這個嘛，算是福萊吉爾派來的大使吧。」

話還沒說完，她已經先猜中我的問題並回答。

從客房的豪華程度與她散發的皇室氣質，實在不像一般的使節……

話雖如此，既然她是福萊吉爾皇國的外賓，也難怪吉爾伯特王子會那般慌張了。畢竟對於路斯奇亞王國而言，這位大使所代表的友盟國擁有更強大的國力。或許她還是皇室成員。

「請問，我該怎麼稱呼您才好？」

「叫小女子『藤姬』就行了。」

「藤姬……不是歷史上著名的那位大魔法師嗎？」

「呵呵呵，沒錯，因為小女子是藤姬的狂熱崇拜者。」

她一個翻身換成趴姿，用手背托著標緻的下巴，同時發出惡作劇般的笑聲。

藤姬——實際存在於約三百年前歷史中的大魔法師，同時也曾任福萊吉爾的女王。

為了解救當時在福萊吉爾皇帝的暴政下受苦受難的人民，她起身革命討伐父王，自己就任為女王，此舉也成為家喻戶曉的軼聞。據說深受蟲之精靈寵愛的她，以領導者的魅力凝聚民心，將福萊吉爾推上現在這般泱泱大國的地位。

然而，她最後遭到親信背叛，被送上斷頭台處決……

「您的髮色，的確令人聯想到傳說中的藤姬呢。」

「對吧對吧？常常有人這麼說。」

這位自稱藤姬的異國使節，喜孜孜地發出銀鈴般的笑聲。

然後她再次拿起葡萄吃了起來，伸舌舔去沾濕雙唇的果汁。這動作帶著一絲妖媚，讓這位女性兼具少女的可愛與熟女的魅力，散發奇特的氛圍。

此時，躺在床上的貝亞特麗切發出微弱呻吟，同時醒了過來。

「這裡是……」

她未能理解自身所處的狀況，臉上充滿困惑。

「妳在晚會現場昏了過去，這位『藤姬』大人好意借了地方給妳休息。」

「……瑪琪雅・歐蒂利爾？」

貝亞特麗切仍一臉茫然。

她抬頭望向公主床的頂篷，深深嘆了一口氣之後才緩緩起身。

「我的醜態讓所有人笑話了，沒想到竟然受妳袒護……」

「我也從沒想過自己有一天會替妳說話啊，身體好點沒？」

貝亞特麗切輕點了頭之後，便立刻環視四周，不知道在找什麼。

「尼可拉斯……尼可拉斯被帶走了嗎？」

「妳冷靜點，貝亞特麗切。只要能證明尼可拉斯的清白，就能洗清他的嫌疑的。」

「可是，如果沒有證據呢？妳倒是說說哪裡有證人可以證明我倆無罪？要是連他都離我而去，我真的就一無所有了。」

話說至此，貝亞特麗切用雙手掩面，全身直發抖。

「……妳跟他真的什麼都沒做對吧？」

「當然！瑪琪雅・歐蒂利爾，連妳都要懷疑我嗎？」

「不。但光憑同儕身分，接下來我也無法不負責任地替妳辯解了。」

「……」

她緊緊咬住牙，彷彿心有不甘。

「一定是因為尼可拉斯身為【水】之寵兒，而我也有對救世主下手的動機，而被犯人當成代罪羔羊了……」

貝亞特麗切懊悔地皺起臉，聲淚俱下地說著。

她主張這一切都是真凶所策劃，栽贓她們的陰謀。

「全怪我，全怪我不好！怪我放不下依戀，一心想見吉爾伯特大人而往返王宮，一定是因為這樣才被犯人盯上的。一無所知的我還對救世主大人動粗……如今，已經沒有任何人會相信我們了吧。」

我找不到任何能安慰她的話語，只能露出五味雜陳的表情呆站在旁邊。

在這次事件中，我感受到一股難以名狀的矛盾感。

貝亞特麗切與尼可拉斯若真是犯人，總覺得有些地方說不通。

「瑪琪雅‧歐蒂利爾，妳……也認為我的舉動很愚昧對吧？竟然動手打了救世主愛理大人，真是個不知分寸的女人。」

「這個嘛，是有一點啦。不過，妳那麼做是出自什麼原因？我一直很好奇。」

「那是因為……」

我的疑問讓貝亞特麗切短暫陷入沉默，隨後她斷斷續續地道來。

「我對救世主大人心生嫉妒……是事實沒錯。所以當她說出，要把吉爾伯特殿下『好心還給我』時，我才一時憤恨打了她。」

「好心還給妳？愛理大人對妳這麼說嗎？」

「是呀，起初我完全沒聽懂。但是她的話中之意，似乎是真的要讓殿下回到婚約被取消的我身邊，所以我忍不住火冒三丈，對她動了手。」

我很驚訝，愛理竟然對貝亞特麗切說出這番話。

更深入思考這句話的意思，同時代表著愛理並沒有把吉爾伯特王子看得多重要。沒錯，至少她並未把對方當成一位有好感的心儀男性來看待。

原來如此，所以……貝亞特麗切才會生氣囉。

「所以妳是為吉爾伯特殿下著想，才打了愛理大人？」

「……」

「而妳並沒有把理由告訴他本人。」

貝亞特麗切瞇起眼，發出感嘆的笑聲。

「這種事情……我怎麼可能在殿下面前說出口呢？吉爾伯特殿下對愛理大人一見傾心，畢竟我可是那瞬間的見證人。」

據貝亞特麗切說明，身上出現守護者刻印的三王子吉爾伯特大人，在初次遇見救世主愛理的瞬間，她正好也一同在場，所以親眼目睹了過程。

她當時了解到，一個男人陷入命定的愛河瞬間，會是怎樣的表情。

「我與吉爾伯特殿下自幼便結下婚約，定期見面交流。簡單來說就是青梅竹馬的關係。」

「嗯……」

「殿下從小就熟知救世主傳說，總是興致勃勃地說故事給我聽。包含那個知名的《托涅利寇的勇者》傳說，他說未來將會有異界人類降臨，引領這個世界前進。還說自己雖然無法繼承王位又沒有魔法天賦，若異世界的使者現身，只願成為守護對方的劍……」

貝亞特麗切說，王子從小就對任何事物都不感興趣，唯一熱衷的只有說故事了。而她總是聽得津津有味。

在一旁守護著這兩個孩子長大的，則是當時的王妃。

「吉爾伯特殿下的母親，是如今已故的先王后。殿下的高尚品格遺傳自先王后，容貌也與母親十分神似喔。」

「說到這，聽說妳之前拿的胸針也是先王后的？」

「沒錯，正是如此。在我還年幼時……吉爾伯特殿下見我在王宮庭院中跌倒而嚎啕大哭，便把胸針託付給我保管。明明是先王后的遺物，他卻送給我，並安慰我別哭了，要更堅強點。」

或許是因為回憶起當年往事的關係，貝亞特麗切臉上的表情放鬆了些。

「那位大人曾說過，未來有朝一日要成為王妃，就必須先學會堅強。當時正值先王后離世後沒多久，我感受到殿下內心的懊悔與遺憾，於是下定決心要變得更加強大。那位大人的教誨成為了我的人生指標。」

聽完這番話，我終於明白貝亞特麗切立志在魔法學校裡成為第一名的理由了。

即使婚約已作廢，她仍期許自己成為配得上三王妃這個身分的人。

「守護在救世主身旁的殿下，看起來總是幸福洋溢。光從他的眼神，就深刻明白——啊啊，殿下陷入愛河了，他在我面前從未露出那種表情。所以我原本才想歸還胸針，並且重新對他表明一次心意，然後徹底死了這條心。」

接著她緩緩抬頭看向我，並問道：

「瑪琪雅‧歐蒂利爾。妳也跟我一樣，懷抱著相同的心情嗎？」

看來貝亞特麗切也知道我的騎士被選為守護者一事吧。

她的眼神並沒有往常那種敵意滿滿的火藥味，反而能窺見其中隱含著單純的好奇心、同理心與同情。

「是呀。」

我坦率地點頭。雖然細節不全然相同，但我跟貝亞特麗切有著類似的經歷。我們是同病相憐的傷心人。

「這樣啊……」

貝亞特麗切輕輕笑了，但她的笑容與其說空虛，更多的是安祥與平靜。

雖然問題尚未得到任何解決，或許是對我傾吐心聲後，心裡舒坦了些。此時——

「真可悲呀，為了男人力爭上游，最後卻被對方拋棄。」

那位異國淑女「藤姬」明顯地大嘆了一口氣。

我們驚訝地看向她，她仍橫臥在沙發上，不知何時開始抽起了水菸。

「到頭來，妳努力提升的自我價值，只是為了成為配得上男人的裝飾品。當男人身邊出現了更高價的寶石，就會見異思遷了。」

面對這番帶有惡意的挖苦，貝亞特麗切有點當真並且生氣地反駁。

「我只是想成為有能力幫助吉爾伯特殿下的人罷了！」

「是嗎？然後在救世主現身後，妳的存在價值蕩然無存，至今為止的所有努力與累積的情意，一瞬間全成了徒然。」

「！」

「妳對王子單方面的遷就，讓自己的人生全變了調。而且妳對他的愛情適得其反，害自己背上暗殺救世主未遂的嫌疑。呵呵，這不叫可悲，什麼才是呢？今後妳有何打算？」

「這……」

貝亞特麗切啞口無言。

老實說，我非常能體會她心裡的懊悔與悲傷，簡直到想掬一把淚的程度。

但王宮那邊已先入為主地斷定貝亞特麗切她們就是犯人。

這也代表他們應該握有什麼憑據或證據。要將其推翻，如今只能……

「只能找出真正的犯人了。」

我平靜地做出定論。

貝亞特麗切一臉錯愕，藤姬則勾起嘴角。

「呵呵，沒錯。現在可沒空顧影自憐，扮演悲劇女主角了，更不是互舔傷口的時候。好好思考吧，陷自己於不義的會是誰？該怎麼做才能保全自己的將來與尊嚴。」

自己的將來，與尊嚴嗎？

藤姬唰一聲收起摺扇，接著一個使勁從沙發上起身，她的動作伴隨一陣甜如蜜的香氣飄過。

「小女子現在要去拜訪舊識，妳們可以任意使用這間客房。」

她罩了一件絲質外套在家居連身裙外面，不知為何還拿了一顆抱枕抱在懷裡，打算離開房內。

「那個，藤姬大人。」

她下次回來時，或許我們已經離開了。

我心想要先道個謝，而喊住了她，她轉過頭，僅用琥珀色的眼神示意要我安靜。接著她臉上綻放出至今最美的一道微笑。

「毋須多言，反正我們近期就會再聚首吧。」

「……」

「衷心期盼妳的『歸來』，瑪琪雅‧歐蒂利爾。」

接著，她便輕快地離開房間。

不知從何處飛進室內的黑紫色蝴蝶，翩翩舞過我的眼前，停在房內擺飾的鳶尾花上。

「歸來？從哪裡？」

那句話的意義令我摸不著頭緒。我只理解到原來當上福萊吉爾的大使，能散發出如此不凡的存在感。

是說，她真的只是大使嗎？或許有著更不得了的來頭……

「啊，葡萄還有剩。放著也是放著，我來享用一下好了。啊，貝亞特麗切妳也要嗎？」

「妳啊……」

「別這麼死腦筋嘛，不攝取點糖分的話就無法使用魔法了，腦袋也會昏昏沉沉的。」

我端著盛裝葡萄的托盤來到床邊，摘了一顆果實塞進貝亞特麗切的嘴裡，她乖乖閉起嘴嚼了嚼吃掉了……

接著，她不知突然回想起什麼，從床上奔到梳妝台前開始更衣。

「欸，貝亞特麗切，妳在做什麼啦！」

「用看的也知道吧，做好接受審訊的準備啊。他們應該就快過來接人了。」

她的表情彷彿已做出了某種覺悟。貝亞特麗切拿起梳妝台上的脂粉，往臉上厚厚撲了一層，肯定是為了掩蓋哭過的痕跡。

「我可不能再哭喪著臉了。須盡快證明我跟尼可拉斯的清白才行。要是我在應答時表現得畏畏縮縮，將會不利於尼可拉斯。他的確是【水】之寵兒沒錯，但絕不可能是這一連事件的真凶，這太離譜了！」

噢，沒想到這種時候能聽見最熟悉的那句「太離譜了」。

看貝亞特麗切似乎已調整回平常的狀態，我也鬆了一口氣。

然後發現她不知何時抬起頭，看著鏡中的我。

「幹嘛？我頭上黏了葡萄嗎？」

「沒事……不過妳臉頰上的確沾到了果汁沒錯。」

她清了清喉嚨，停頓一會兒才開口。

「瑪琪雅，其實我也知道那件事。」

「哪件事？」

貝亞特麗切從梳妝台前的椅子起身，轉身面向我。

接著她伸出手指勾住我寬鬆的衣領，微微往下拉。

「關於妳被選為最後一名守護者的事。」

「……」

她壓低眼神，注視著清晰烙印於我胸口上的四芒星紋章。

雖然有點驚訝，但既然她經常出入王宮，的確有可能取得這項情報。

「想必妳應該壓力不小吧。」

「這個嘛，算是吧。」

我游移著視線，輕抓了抓自己的臉頰。

目前沒什麼盡責表現的我，也尚未具備足夠自覺，最近甚至快遺忘自己背負著這個身分。

「這件事目前似乎尚未公開，但既然身為守護者，未來有可能涉入險境，被人謀害性命吧。」

「啊，我應該算有遇過了吧！」

「原來已經有了嗎……」

我若無其事的回答，讓貝亞特麗切露出傻眼的表情。

不過，經過以上對話，我想起上次那個藍色小丑，然後恍然驚覺。

那個小丑的【水】屬性魔法讓我產生的恐懼感，跟以前在王宮裡暗算愛理的犯人很相似。

說起來，要是那藍色小丑與襲擊愛理的凶手真為同一人，那怎麼想都覺得貝特亞麗切與尼可拉斯的犯案動機不夠合理。畢竟他們就算基於私仇對愛理行凶，也沒有理由取我性命。

我把藍色小丑的事情告訴貝特亞麗切。

「妳說藍色小丑嗎？」

「嗯嗯，對方打扮成全身藍色的小丑來襲擊我，然後……」

我手托著下巴，邊在腦中依時間序整理至今所有事發經過，邊向她確認某件事。

「欸，貝特亞麗切。我有件事想問你……之前在學園島迷宮時，我們不是跟妳們小組正面衝突嗎？」

「是呀，妳是說在收集魔導傀儡眼珠的課程上吧。」

「對對對。當時尼可拉斯被我的發熱體質灼傷了對吧？他身為【水】之寵兒，對【火】的抗性應該很強，卻會灼傷喔？」

「那當然。就法則上來說，【水】之寵兒對上【火】時，的確占有優勢。但相對來說，他們面對高溫時也特別脆弱，這種副作用就體現在他們容易熱暈的體質上。實際上他以前也不知道燙傷過多少遍了，就如同上次被妳觸碰到那樣。」

「原、原來如此。」

「妳到底在掛念什麼？」

「是關於在王都襲擊我的藍色小丑……我的發熱體質對他完全不管用。所以我原本一心以為那是【水】之寵兒的特質……」

聽我這麼說，貝特亞麗切突然表情一僵，接著壓低聲音告訴我。

「那種能力，只屬於『抗屬性體質』而已吧？」

抗屬性體質──【全】之寵兒獨有的特質，能封印所有屬性寵兒的能力。

我緩緩瞪大了眼。

「可、可是，【全】之寵兒是極為罕見的存在耶！就算找遍全世界，除了身為救世主的愛理大人以外，不知還有誰……」

難道犯人是愛理？不，不可能，怎麼會……

總覺得思緒越來越亂成一團，此時貝特亞麗切用低沉的聲音說：

「有喔。除了救世主大人外，路斯奇亞王國還有另一位【全】之寵兒。」

「咦？」

「王宮首席魔法師──尤金・巴契斯特先生，在救世主出現之前，他是國內唯一的【全】之寵兒。」

原本低頭沉思的我抬起臉。

「等等，我根本沒聽說過這件事。」

巴契斯特老師的確是元素魔法學的第一把交椅沒錯，但別說【全】之寵兒了，連他身為哪種單一屬性寵兒的事，我都沒聽過。根本前所未聞。

「這是當然的。因為他一直隱瞞著【全】之寵兒這個稀世的身分。所以知情者僅限於國王、王宮魔法院的首長——也就是我的祖父，以及其他少數相關人士。為了保護他的安全，其身分與過去都被視為國家機要，嚴加保密。」

據貝亞特麗切說明，她碰巧在家裡偷聽到擔任王宮魔法院長的祖父與巴契斯特先生討論這件事。

「為什麼？巴契斯特老師有什麼理由隱瞞【全】之寵兒的身分？」

「問題在於他的出身背景，巴契斯特先生從小就在出生的村落中受到迫害。」

「意思是……」

我記得老師曾在元素魔法學的特別授課中提過。

所謂的屬性寵兒，在某些時代備受世人崇敬，在某些時代則是被歧視與迫害的對象。

據說至今仍有某些地區保留這樣的舊習……

「巴契斯特老師所出生的村落據說擁有這種風俗。別說屬性寵兒了，光是擁有魔力就會被視為詛咒之子。因此，他自幼就被監禁於村裡的倉庫，遭受慘無人道的虐待。而將他從這種地獄般的環境裡解救出來的人，是受王宮派遣而來的一位年輕女魔法師。」

獲救的少年巴契斯特，在王宮的資助下進入盧內・路斯奇亞魔法學校就讀，與年齡相仿的尤利西斯老師與梅迪特舅舅切磋砥礪，讓自身才能開花結果。

據說巴契斯特先生與拯救他的女魔法師，年紀相差十歲之多。但兩人為彼此深深吸引，情投意合之下締結了婚約。

然而，這終於到手的幸福卻沒能維持多久，成為未婚妻的那位女魔法師罹患不治之症，壽命所剩不多。

我不清楚這些經歷跟本次事件有何相干，或許根本毫無關聯。

但心裡卻莫名忐忑不安。

假如說，那位藍色小丑真是巴契斯特老師……

此時，房外正巧響起敲門聲。我一打開房門，便看見臉色凝重的萊歐涅爾先生與托爾兩人站在那，看來他們是要帶走貝特亞麗切。

「我在這。」貝特亞麗切落落大方地走出房內，絲毫沒有逃避的意思。

然後她擺出若無其事的表情問萊歐涅爾先生說：

「請問尼可拉斯目前狀況如何？」

「尼可拉斯・赫伯里正在接受吉爾伯特殿下的審訊，他否認涉案……」

萊歐涅爾先生停頓了片刻，然後繼續開口。

「貝亞特麗切小姐，有什麼話要趁現在告訴我們嗎？」

他如此問。從萊歐涅爾先生的表情看來，彷彿也查覺到這次事件哪裡不對勁。

貝亞特麗切瞥了我一眼。「咳咳！」我清了清喉嚨，快步繞到兩位騎士面前，擋住他們的去路。

「聽好了，現在可不是坐以待斃的時候。」

我用帶著緊張感的堅定眼神望向所有人，並如此宣告。結果托爾輕笑出聲。

「小姐，您打算惹是生非嗎？」

他用充滿個人風格的問句替我助陣。

「是呀，我要鬧事了，大鬧一場。我要讓真凶無所遁形。」

我也露出不懷好意的表情，就像過去那個詭計多端的大小姐。我以同為守護者的身分，向在場兩位騎士尋求合作。

我將現有資訊與他們分享，並提出個人推測，進而說明我的某項計畫。

第九話　藍色真實

時間來到當天午夜。我來到王宮內，在尤金・巴契斯特老師專屬的研究室前等待他。老師也有參與貝亞特麗切與尼可拉斯的審訊，但似乎剛好有東西要拿，便回到自己的研究室來。

「噢，瑪琪雅小姐。怎麼了？大半夜地出現在這裡。」

「巴契斯特老師。」

尤金・巴契斯特老師見我在此等待他的到來，只露出些許驚訝。

我在他面前扮演起柔弱無助的女學生，聲淚俱下地哭訴。

「請幫幫貝亞特麗切與尼可拉斯……他們什麼都沒做。」

「妳自己被霧刃所傷，卻還替他們說話嗎？」

「正因為如此，我才確定他們並非凶手。」

「……」

「拜託了，請聽我說。」

「進來吧。」巴契斯特老師不知道想通了什麼，指示我進入自己的研究室。

老師的研究室籠罩在魔光油燈的照明下，排排並列的書架上收藏了眾多專門書籍，室內散發著一股古舊書香。這裡儼然是一座圖書館。

房裡還放有大書桌，上頭堆放著成疊的各種資料。

身為菁英魔法師並且被賦予多項重任的他，會處於這樣的工作環境也不意外吧。

房裡裝潢雖然單調，但擁擠的書桌桌面邊緣勉強擺著一副相框。照片裡有一位短髮女性，臉上掛著彷彿一瞬即逝的笑容，令人印象深刻。

「所以，妳找我有什麼事呢？我能做的很有限喔。」

巴契斯特老師將油燈放在桌上，立刻切入正題。從他的聲調中感受不到任何情緒。就如同平常的他。

「我聽說老師負責管理國內屬性寵兒的資料，對他們瞭若指掌。」

「那當然，只要是有進行申報的部分。國家完整掌握屬性寵兒的知識，才能讓他們受到保護，這件事怎麼了嗎？」

「那老師自己呢？」

「……」

巴契斯特老師仍面向書桌，一時之間無言以對。

不一會兒之後，他緩緩轉過身。他面無表情，臉上未流露出任何驚訝與慌張之色。

「妳究竟想說什麼？」

「我想說什麼，您應該心裡有數。這一連串事件的真凶，並非貝亞特麗切或尼可拉斯，而是您才對，巴契斯特老師。」

我靜靜地瞪著他並堅定地說。老師的臉上既無惱怒，也沒有笑容。

「真凶？妳說我？這番指控有任何根據可言嗎？瑪琪雅小姐。」

他只管泰然自若地繼續反問。我先大口深呼吸，按捺著心中的緊張感開口。

「我先前在王宮的小巷裡被一位喬裝成藍色小丑的暴徒襲擊，巴契斯特老師也知情吧。」

「是。」

「當時，小丑所施展的魔法，與在王宮裡暗殺愛理大人的水魔法，散發出同樣令我不適的感覺。親身體驗過這兩者攻擊的我會如此判斷，僅出自【火】之寵兒的直覺，並沒有任何憑據就是了。假設兩者真是同一人……要給貝亞特麗切與尼可拉斯定罪，將會產生幾個矛盾點。因為我的發熱體質對那位藍色小丑並不管用。」

巴契斯特老師微微壓低眼神。

面對他散發出的若有似無的壓力，我仍不畏懼地繼續說：

「在學園島迷宮進行的課程中，我與貝特亞麗切的小組曾正面交鋒過。當時我的體質對尼可拉斯・赫伯里就造成了傷害。身為【水】之寵兒的他被灼傷，但那個藍色小丑卻毫髮無傷。」

「……這樣啊。」

他平靜的回應簡直像置身事外。

為了不被巴契斯特老師文風不動的態度給誤導，我重新調整了呼吸。

「您曾對守護者們說過，犯人是【水】之寵兒的可能性很高對吧。但是這資訊正是您為了誣陷尼可拉斯，而預先灌輸給守護者們的假情報。」

我緩緩逐步靠近他。

「起初我也信以為真了。但事實並非如此。能即時擋禦我的發熱能力的，只有【全】之寵兒的抗屬性體質。我原本以為如此罕見的體質，除了愛理以外不可能有其他人。但在這個國度裡，原來另有其人。」

接著，我在巴契斯特老師面前停下腳步。

「沒錯……那個人正是你，尤金・巴契斯特。」

我一把抓住老師的手腕，當著他的面示範。

他的手並未被燙傷，我的發熱體質在他面前被無效化了。

這正是他身為【全】之寵兒的鐵證——

巴契斯特老師是鑽研各種元素魔法的專家。要在不吟詠咒語的狀態下，以不遜於【水】之寵兒的身手自由操縱水魔法，對他來說不費吹灰之力吧。

況且他還是王宮首席魔法師，與在王宮魔法院中主掌大權的阿斯塔家族交情應該不淺，對貝亞特麗切與尼可拉斯的了解也很深。以他的立場，要將這兩人安上暗殺救世主的罪名，是再有利不過了。

得知巴契斯特老師是【全】之寵兒後，將疑點放回他身上思考，各起事件與原本說不通的狀況，全都串連起來了。

我將手抽離，與他拉開一小段距離。

「我再說一次。在王宮裡暗算愛理小姐、變裝成藍色小丑企圖取我性命，以及企圖把罪行嫁禍給貝亞特麗切與尼可拉斯……這些罪行全都是你一人所為對吧，巴契斯特老師。」

「……」

他低下頭，一時陷入沉默。

老實說，若缺乏「暗殺愛理的犯人與藍色小丑為同一人」的證據，我的這番推論就無法成立。我做好準備迎接他的辯駁，然而——

「原來啊，原來，貝亞特麗切是吧。所以『這男人』的體質早就被那姑娘知道了是吧，這一點是我疏忽了。所以才被妳這種小丫頭拆穿……呵呵，原來如此。」

他推著眼鏡發笑，語氣再度像個局外人。

明明在談論自己的事情，這男人到底……

「妳答對了，瑪琪雅小姐。也就是說，在當時產生肢體接觸卻未能取下妳性命之時，就註定遲早被妳揭穿了吧……」

巴契斯特老師坦然認罪。但他手中不知何時已握著一把小型槍枝，接著他將槍口對準我。

那把槍械跟之前葛列古斯邊境侯爵所持有的一模一樣——

「這次要好好取下妳的性命。」

老師毫不遲疑地扣下扳機，彷彿想把一切證據煙滅。

槍聲響起，但子彈被我面前的冰壁反彈了。

「到此為止了，巴契斯特先生。」

接著，老師被在場的另一人施以縛身魔法，無法動彈。

從書櫃後側現身而出，牽制巴契斯特老師行動的人正是托爾。

巴契斯特老師仍維持著拿槍對準我的姿勢，但全身動也不能動，只能轉動眼珠看向托爾。

「托爾・比格列茲是吧，原來如此，看來我完全中了圈套。」

巴契斯特老師在這樣的處境下，仍冷靜沉著得可怕。

接著他朝研究室裡通往隔壁房的門扉呼喚。

「那邊也有人對吧？」

門緩緩打開，萊歐涅爾先生與救世主愛理現身而出。

沒錯，這正是我對他們提出的計畫——

在愛理親眼目睹下，揭發巴契斯特的罪行。

「騙人，這不是真的吧？尤金，你竟然……」

愛理應該已聽過萊歐涅爾說明原委，並且也聽見剛才全程對話了。她一臉蒼白地用手掩住口，頻頻搖頭。

「你竟然就是想取我性命的犯人，不可能，太荒謬了！」

「愛理……」

愛理對巴契斯特老師有深厚的信任。

這一點我也明白，他們之間看起來已建立起牢固的師徒互信關係。

所以才令人百思不解，巴契斯特老師身為效忠救世主的臣子，為何會做出這種形同叛亂的舉動。

愛理似乎未能接受事實，甩開制止她的萊歐涅爾先生，奔到巴契斯特老師面前，緊緊抓住他。

「尤金，你一定有什麼苦衷對吧？一定是這樣吧！」

「不可以，愛理！快離他遠一點！」

我抓住愛理試圖拉開她，手卻被一股奇妙的反彈力道給彈開。

何等強大的力量……這、這純白色的光芒，是愛理擁有的魔力？

托爾與萊歐涅爾先生也在這股斥力的抵抗下，無法順利接近愛理。

巴契斯特老師面對眼前狀況，默默揚起嘴角。他輕而易舉地破解托爾的縛身術，用手臂勒住愛理的頸子，並用槍抵上她的頭。

「咦……尤金？」

「誰也不許動。」

愛理被當成擋箭牌，所有人都依照命令停下動作。不知何時之間，巴契斯特老師腳邊已展開巨大的魔法陣，這是異國的轉移魔法——

「那麼各位，開幕的時間到囉。」

他的表情與口吻都與原本判若兩人，一股詭譎的恐懼感朝我襲來。

接著，原本抵著愛理的槍現在直直指著我，沒錯——槍口對準了我。

「愛理大人！」

「小姐！」

不是愛理被轉移魔法帶走，就是我被槍擊。

在這被迫二選一的狀況下，決擇就在一瞬之間。

魔法陣的眩目光芒籠罩房內，我在光束縫隙間所目睹到的，是愛理被托爾緊擁入懷的畫面。

我感覺自己與托爾的視線，在剎那之間短暫交會了。

與此同時，震耳的槍聲高響。

我被燦爛的光芒吞沒。身體只能服從於無法抵抗的強制轉移感，我緊緊閉著眼睛。

然而這股衝擊趨緩並消失，在周遭化為寂靜的同時，我緩緩睜開眼皮。

「……」

回過神時，我發現自己似乎身處一座昏暗的老舊建築中。

這裡是位於王都的迪莫大教堂。教堂內光線昏暗，皎潔月光從正前方的玫瑰窗透入，教堂內瀰漫著淡淡的藍色神祕氛圍。

「痛！」

右手臂傳來一陣痛楚。似乎是被剛才的子彈擦過所致，但並無大礙。

「歡迎妳的到來，瑪琪雅小姐。」

佇立於前方的是尤金・巴契斯特。

被強行轉移過來的只有我一個，除了我跟他以外，在場並沒有其他人。

「巴契斯特老師！」

為什麼只帶著我來到這裡？

答案顯而易見，肯定是為了殺害我。

「妳一臉害怕呢，瑪琪雅・歐蒂利爾，虧妳還繼承了這男人的『四芒星紋章』，成為守護者。」

「……咦？」

巴契斯特老師的口吻與身上的氣息，總覺得有點不對勁。包含行為舉止與臉上的細微表情在內。

仔細一看馬上就能發現，他簡直就像被另一個人附了身似的。

他歪了歪頭，任憑臉上的眼鏡歪掉也不調整，豎起了食指開始細數自己的個人資料。

「尤金・巴契斯特。二十八歲。路斯奇亞王國內首屈一指的天才魔法師，【全】屬性寵兒。擁有遭受歧視與迫害的悲慘過去，仍克服萬難成為立功無數的王宮首席魔法師。品格高尚，救贖眾生，德高望重。那麼，這般完美的男人為何沒被選為守護者呢？」

他用豎起的食指指向自己。

「錯！這個男人『曾被選為守護者』才對！」

他用強勢的口吻如此宣稱，我一時之間未能理解其中的意思。

「這是……怎麼回事？」

巴契斯特老師曾被選為守護者？

假設老師真是第四名守護者，那他還活著就太不合理了，因為守護者刻印早已轉移到我身上。

難不成……

「巴契斯特老師，已經不在人世了？」

「叮咚叮咚！尤金・巴契斯特老早就死啦！死翹翹啦！」

男人的眼睛瞪得老大，哈哈大笑。

眼前的這個陌生人，既詭異又令人摸不清真實身分。

「不，應該說『形同行屍走肉』比較正確吧？畢竟他肉體還活著。只不過呢，這副軀體被在下占為己有，他本人的靈魂已經歸天，與死無異囉。只要這世界認定他為死亡狀態，四芒星紋章就會轉移給其他人。」

頂著巴契斯特老師外貌的這個男人，一口氣湊到我面前，綠色的眼眸中映著我的身影。

「沒錯，這男人——尤金‧巴契斯特的紋章，轉移到了妳身上。」

接著他放低視線，凝視著從我歪掉的領口露出的四芒星紋章。刻印正散發燦爛光芒，彷彿強調著自身存在感。這是我第一次目睹自己的紋章發光。

男人輕快地伸出手指，往紋章一指。

「其實我原本打的算盤，是連同這個紋章也占為己有，徹底冒充為守護者，不過呢，看來我空有本人的軀殼還是過不了關。」

他露出冰冷的眼神，輕聲咯咯笑著。我嚥了一下口水。

「你……是誰？」

這個世界的確有所謂的「傀儡魔法」，能操控並占據人類的肉體。在路斯奇亞王國，這項魔法被視為禁忌之術。

問題在於，究竟是誰、又為了何種目的，附身在尤金‧巴契斯特身上。

「噢呵呵，妳問在下嗎？在下呢，這個嘛……」

男人從領口內側取出某樣東西，那是一張有著彎月笑眼的白臉面具。

他一戴上面具，巴契斯特老師的軀體便被群青色的植物爬竄並圍繞，轉眼之間幻化為小丑裝扮。

沒錯，正是我在王都遇見的藍色小丑。

「在下在這個世界擁有許多不同的稱呼，大多數人都叫我『青之丑角』。在下只是個卑賤得不足掛齒的滑稽小丑囉？」

他誇張地張開雙臂並且九十度彎腰鞠躬，彷彿在舞台上向滿座的觀眾行禮，多角狀的小丑帽尖上掛著的藍色鈴鐺隨之發出清脆聲響。

「青之……丑角？」

這名字我確實有印象。

那是在童話中登場的邪惡魔法師，會在心懷歹念的人面前現身並唆使其犯罪，宛若惡魔般的存在。

但我率先問了心裡最在意的一件事。

「巴契斯特老師一直對周遭隱瞞著自己成為守護者一事嗎？」

沒錯，這點最令我不解。

他簡直把這件事比照【全】之寵兒的身世機密處理，保密到家。

「是呀，沒錯囉。妳問為什麼？因為一旦宣誓效忠於救世主，守護者就屬於異世界少女所有了，他必須不惜捨棄心愛的未婚妻，犧牲奉獻直到生命最後一刻。沒錯，即使前方是地獄，他仍注定與救世主生死相隨。」

「……」

「尤金・巴契斯特這男人的摯愛罹患了重病，那是任何魔法都難以醫治的不治之症。尤金根本不可能拋下未婚妻，對異世界少女投注愛情，因為他對未婚妻情深義重。」

從巴契斯特老師沉著冷靜的個性，無法想像他會如此鍾愛某人。

但從貝特亞麗切口中得知他的過往後，並不難理解這份感情。

可見他多渴望一心愛著那位把自己救出地獄的女性。

「心中的糾結與絕望，不僅讓他持續欺瞞救世主與王宮內部，仍遍尋不著拯救愛人性命的方法。他的內心最終被黑暗所侵蝕而崩壞。」

藍色小丑原地轉了一圈，用力踏響了地板。

「沒錯！此時趁虛而入的正是在下囉！」

他猛力張開雙臂，彷彿想吸引所有觀眾的注意。

「在下持續對他說著惡魔的耳語——只要依照我的方法就能從痛苦中解脫，還能拯救心愛未婚妻的性命。於是他選擇與在下締結惡魔的約定，也就是使用我的『傀儡魔法』。啊啊，真是……【全】之寵兒的精神層面就是如此不堪一擊。」

小丑臉上的面具隨著他的笑聲一起發出震動。

「這副軀殼真的很方便，讓在下收穫良多。從【全】之寵兒的專屬能力、王宮首席魔法師的身分與其累積的記憶與知識含量，乃至取得國內機密情報的管道……」

「！」

怎麼辦。說實話，眼前的狀況已超過我一人能處理的範圍。

內心忐忑不安，必須盡快通報此事，否則路斯奇亞王國將會陷入危機。

我逐步往後退，同時對藍色小丑提問：

「所以，堂堂『青之丑角』竊取了巴契斯特肉體後，為何要大費周章把我一個人帶來這裡？你打算從守護者中挑最弱的一個開始下手嗎？」

「不不不，因為妳是最棘手的危險人物囉。說起來，我打從一開始鎖定的目標就不是救世主，而是妳囉。」

「咦？」

「在下於先前的舞會上，透過邊境侯爵葛列古斯的視覺共享，一睹了妳的魔法。妳繼承了在下最崇拜的偶像──『紅之魔女』的力量。嗯嗯，沒有錯。好比過去在這梅蒂亞的中央開了一個巨洞的那股力量，對我大帝國而言，妳是最大的威脅。」

「帝國？」

在梅蒂亞中有帝國之稱的國家，只有一個。

那就是最具侵略性的危險國度，位於北方的大國「艾爾美迪斯帝國」。

帝國早已派出「青之丑角」暗中展開行動──

「我、我又不是『紅之魔女』本人！怎麼可能有那等強大的力量！」

「誰知道呢？這就難說囉？」

藍色小丑歪著頭，伸出食指靠在面具上的藍色雙唇間，並喃喃細語。

「這世界上的眾多大魔法師，經過流轉輪迴後，將會再次歸來。好比群星匯集的瞬間，『所有豪傑』即將再次齊聚一堂。」

這番話究竟有何含意？

這藍色小丑想表達的是什麼？

我無從得知，思緒卻莫名地無法平靜。「歸來」這兩個字，之前似乎曾在哪裡聽過……

藍色小丑突然湊到我面前，配合我的視線高度，用藏在面具眼窩凹洞裡的那對藍黑色眼睛，注視著我的海藍色瞳眸。

他的眼珠顏色宛如無底深海，一被吸進去就注定沉淪。

原屬於巴契斯特老師眼中的綠色……如今已不復存在。

「瑪琪雅・歐蒂利爾，在下有一事相求。」

藍色小丑脫掉右手手套，用乾癟的大手抵著我的下巴並低語。

「現在取妳性命尚嫌可惜，誠摯邀請妳加入我大帝國，為我們效力。」

「……也就是說，你要我倒戈去投靠敵對帝國陣營？」

「有何不可？救世主愛理也已對妳信任盡失，她深信妳是與她為敵的邪惡魔女，一手策劃了這些陰謀。在下曾擔任救世主的專屬教師，所以一清二楚囉？」

「咦……」

這到底是怎麼回事？

愛理把我當成敵人？邪惡的魔女？

「其他守護者也都是一個樣囉。妳剛才也目睹了不是嗎？托爾·比格列茲也優先拯救救世主。為求保住救世主的命，他的選擇等同於對妳見死不救囉。」

「……」

藍色小丑用惡魔般的低語蠱惑著我。

他見縫插針，伸手進來刺探我內心的不安。

想必他也是用同樣的技倆，取得巴契斯特老師的信任。

「被流星選中的守護者都是一樣的。他們的所有行動都受到控制，早晚連內心都會成為救世主的俘虜，愛她愛到骨子裡吧。他棄妳而去的那一天，勢必會到來……」

感覺之前也曾聽別人如此說過。

守護者是無條件全心全意守護救世主的存在。

當紋章烙印於身上之時，一切已是注定。

「啊啊，妳在哭嗎？可憐又可愛的魔女啊，失去了就要親手奪回不是嗎？就在下所知，這樣才符合『紅之魔女』的原則囉？」

「是沒錯。」

我內心深處的確有一部分覺得托爾被搶走了。

嫉妒的情緒與單相思的苦悶，也在一瞬間從表情中流露而出，這我早有自知之明。

「但是，你這招，太笨了啦。」

我斷斷續續地低語著。

「我並不想活在托爾的保護下，況且托爾也並沒有對我見死不救。」

被轉移魔法的光芒吸入那瞬間，我確實看見托爾緊擁住愛理。

但同時也目睹他露出近似絕望的表情。

我早已發過誓才對，絕不讓他再露出那種表情。

所以……

「你等著瞧吧，我會把你打得落花流水！」

我抬起臉，狠瞪著眼前的小丑。

沉睡於內心的強烈情感與此同時不斷湧上，伴隨著魔力一起奪眶而出。我不清楚這是出於憤怒還是悲傷，只知道帶有魔力的滾燙淚珠滑下。

白雪……

被淚水弄得模糊的眼底深處，我看見一位穿著紅色禮服的魔女佇立於雪山的身影。

她也一樣流著淚，同時教導我使用那道咒語的方法。

猶如輕聲耳語，又似吟詠詩句。

是的，這是一道寧靜卻又殘酷的魔法——

「瑪琪・莉耶・露希・雅——鹽之冠破碎的夜晚。誰也不許看見我的淚。」

誰也不許看見我的淚。即使如此，我與小丑的眼神依然交會。

潛藏於面具底下的那雙眼，被流著一行淚的我限制自由，無法移開視線。

沒錯，直到我滾燙的淚水，悄然滴落在小丑手上為止。

「竟然……」

啪滋啪滋的細碎迸裂聲響起，被淚水沾濕的部位開始石化。如花朵般綻開的結晶，逐漸蔓延小丑全身。

純白無瑕又晶瑩剔透，在寂靜之中，魔法逐漸侵蝕他的身體。

「這是『紅之魔女』的命令魔法之一——以肉體的一部分做為媒介的古煉金術！」

小丑入神凝視著綻放礦石結晶花朵的手，顫抖地說。

老實說，我原本想像會類似上次在舞會的那種絢麗招式。但這魔法十分寧靜優雅，就連碎裂聲響也帶著神祕氣息，顯得既美麗又殘酷。

這些礦石難道是來自鹽之森？

不，如今已不重要。必須抓住機會逃出去！

趁小丑陶醉地欣賞自己被石化的手臂時，我勉強拖著無力的身軀站起，拚了命地跑過這座教堂內的中央通道。

快點，必須盡快把這件事稟報王宮！

「！」

然而，大教堂的出入口大門深鎖，因為室內已被設置結界。

「瑪琪雅・歐蒂利爾，真有妳的。果然『紅之魔女』的魔法對我大帝國的威脅，比救世主還來得大。」

頭髮被猛力往後一拉，我痛得皺起臉。

群青色的藤蔓有如細長扭曲的手臂，緊抓我的頭髮不放。不僅是頭髮，就連四肢與身體也被藍黑色藤蔓纏繞，整個人被吊在半空中。

勉強看往下方，發現藍色小丑並未試圖抑止自身的石化，反而一臉愉悅地操控著群青色藤蔓。藤蔓來自小丑腳下扭曲的魔力匯流點，由內向外延伸。

那是什麼啊？

「那麼，請過來吧，紅之魔女。妳的血、妳的淚、妳的骨與肉，以及髮絲，在下都會物盡其用，不浪費一點一滴。」

「才不要……放開、放開我！」

我感受到深深的恐懼，彷彿只要一被拉進那個扭曲空間中，就會喪失原本的自我，並且再也回不來了。

但我的魔力早已全數耗盡。【火】之寵兒的能力也會被他無效化，派不上用場。

現在就看是我先被拖進去，還是小丑先被徹底石化了……

「！」

此時，彩繪玻璃窗從外部被擊破，清脆的爆裂聲響徹教堂內。

玻璃碎裂的聲音具有破解結界的效果，伴隨這股衝擊力道，漫天降下色彩繽紛的玻璃碎片雨。我在碎片之間窺見一位黑衣騎士的身影。

騎士拔劍劃過困住我的群青色藤蔓，瞬間將其斬斷。

「小姐！」

接著他不惜扔掉手中的劍，空出雙臂接住從高處墜落的我。

「托爾……你來救我了嗎？」

「當然，我說過了吧，您的魔力太好辨認了。只要您一施放魔法，我必定會第一個趕到。」

托爾依照之前的承諾，感應我所施展的「紅之魔女」魔法，鎖定位置後趕過來了。

唯有托爾能追溯我的魔力軌跡。若要用顏色比喻，就像一道鮮豔的紅……

「哎呀哎呀。這不是托爾．比格列茲嗎？還以為你早已把瑪琪雅小姐拋諸腦後了呢？」

「少給我胡說！」

平常總是冷靜沉著，淡然自若的托爾，在寧靜的慍怒中變得焦躁。他將我安放到地面後，撿起了劍。他抬起臉時露出的那張表情，眼神之晦暗與冰冷幾乎是我至今從未見過的程度。

「當時是因為，巴契斯特先生蓄意把愛理大人扔向我，封住了我的行動。目的就在於讓我無法出面保護小姐……」

托爾已認知到小丑是敵人，緩緩朝對方走近。

空氣冰冷得結凍，托爾魔力中的震動傳了過來，令人寒毛直豎。

全身逐漸石化的藍色小丑，身上仍繼續發出啪滋啪滋的碎裂聲。

「好吧，算了。反正這肉體也快被魔女的詛咒給變成石像囉？加上其他麻煩人物也要來囉？今天就先在此閉幕囉……」

小丑留下最後這段話後，便用群青色藤蔓包圍自己。

在托爾朝他擲出劍之時，小丑已完全消失無蹤。

那團藤蔓隨即枯萎，從枯草堆中露出的，只剩下一具完全石化的尤金・巴契斯特的遺體，腹部插著托爾的劍。另外還有一張小丑的白臉面具。

前一刻還在妖言惑眾的小丑，如今已不復存在。

大教堂回歸一片寧靜，托爾拔起巴契斯特老師身上的劍，俯視了他的遺體一會兒。

我也趕到托爾身邊，確認已經死亡的巴契斯特老師的狀態。

「巴契斯特老師原本是第四名守護者，但他一直隱瞞著這個身分。藍色小丑利用這點，占據了老師的身體。早在守護者紋章轉移到我身上之時，老師本人就不在人世了，所以……」

「那他現在算是終於解脫了吧。」

托爾立即搞懂了來龍去脈，用平淡的語氣回應。他收劍入鞘，同時轉過身面對我。

「非常抱歉，小姐，我又害您受驚害怕了。」

接著，他在我面前單膝跪地並低下頭，遲遲未抬起。

他的腳在彩繪玻璃窗的碎片上被扎得滲出血。

強烈的懊悔苛責著托爾的內心，他的神情中難掩對自己的失望。

「快起來，托爾，快點站起來。」

托爾老實地聽從我的命令，站起了身。

我將手貼上他的臉頰，之前才幫他治好傷，可能因為剛才破窗而入的緣故，又添了這麼多的割傷……

「你又再一次找到了我呢，循著細如絲線的魔力軌跡。」

「不，其實很粗實又明顯，比較像鋼索才對。」

「托爾，看氣氛說話是很重要的，明白沒？」

他還是老樣子，但也多虧他的這番話，讓我徹底忘卻剛才藍色小丑蠱惑我的虛言。

「謝謝你，托爾。見到你前來，我不知道有多安心……但是，對不起，我又害你受傷了。」

在眼裡打轉的斗大淚珠潸然滑落臉頰。托爾脫下手套，試圖替我擦去淚水。但我急忙搖搖頭，不讓他觸碰。

「不行啦，托爾！我的眼淚很危險，剛才讓巴契斯特先生石化了，我又不慎學會了如此殘酷的魔法。」

「小姐……」

托爾放棄擦去我的淚。

但他毫不猶豫地吻上我淚濕的眼。

他雙唇的觸感有點冰冷，並且微微顫抖著，讓我確實感受到他循線找尋我的一路上所承受的恐懼，以及難以釋懷的自責與懊悔情緒。

「托爾？」

「小姐，我……我的傷一點都不重要，但我真的非常害怕。」

接著他把臉埋在我的肩上，用額頭輕輕靠住我。

「當時，我原本想第一個上前救您。但身體卻像被鎖鍊給綁縛住，動彈不得，我的行動已脫離自我意志。胸前的刻印……束縛著我的一舉一動，我簡直像是一頭活在他人控制下的野獸，生存目的只剩下守護救世主。」

他的話語令我心頭一陣刺痛。

托爾緩緩離開我，凝視自己顫抖的手，雙眼連眨都沒眨。

「要是在未來，我無法保護您的安全怎麼辦？在重要時刻對您見死不救怎麼辦？我絕不願做出這種舉動與抉擇。就算要扯斷這鎖鏈也在所不惜，我一定會……為您……」

「托爾！」

我將手環上托爾的頸子，緊緊抱住他。

為什麼我們之間的關係會演變成如此扭曲？

明明曾是再純粹不過的主從關係。貴族千金與騎士，把彼此放在內心最重要的位置就已足夠。

我想變得更堅強，堅強到讓托爾不用如此擔心受怕。

但唯有此刻，請讓我們回到最一開始的關係，回到那個心裡能只放著彼此的時光。

在我們身上烙下印記的「神」，我請求祢——

「尤金！」

愛理的聲音傳來，我急忙離開托爾。

晚一步登場的不只愛理，還有其他守護者。

尤金‧巴契斯特的遺體倒臥在大教堂前側，全身呈現石化狀態，四處碎裂。愛理發現面目全非的他，一時失語。

「尤金變成石頭了？這是尤金沒錯吧？怎麼會這樣？」

「是我……使出了石化魔法。」

「瑪琪雅？咦？他……已經死了？」

愛理不等我說明詳細經過，便用盈滿淚水的雙眼怒視我。

「也就是說，是瑪琪雅妳殺了尤金？」

托爾試圖開口緩頰但被我制止，我平復了情緒之後回答。

「愛理，巴契斯特老師原本是第四位守護者，他一直隱瞞著這件事。」

「咦？第四位守護者？他隱瞞這件事？」

「對，在這段期間，他的肉體被來自帝國的魔法師占據，後來刻印轉移到我身上。巴契斯特老師早在之前就形同死亡了。」

可能因為我提及帝國兩字，萊歐涅爾先生與吉爾伯特王子都明顯有了反應。

那是我國總有一天勢必交兵的對手。

然而，敵方卻意外提早起身行動，甚至搶先我們找出第四名守護者，暗中將他當成棋子。

這是令人非常驚愕的事實。

「妳騙人，這太沒道理了。尤金為何一直在我面前隱瞞守護者的身分？不可能，這不可能！守護者可是至高無上的榮譽象徵。」

愛理雙膝一軟，癱坐在原地。然後她觸碰巴契斯特老師已石化的手，眼睜睜看其粉碎成灰。

「不是的，愛理。巴契斯特老師有位罹患重病的未婚妻，他不願離棄對方，所以才一直隱藏守護者的身分。」

「妳騙人！尤金明明說過我是他最重要的人！」

「愛理，冷靜聽我說。」

「反正這全是瑪琪雅妳一手策劃的陰謀對吧？總算露出破綻了吧，我早就知道了！妳唆使妳的爪牙貝亞特麗切引發騷動，誣陷尤金！」

愛理似乎陷入混亂狀態而胡言亂語，完全不願意聽我解釋。

但果然正如那個小丑所說，她把我視為整起事件的幕後真凶。目前能搞清楚的唯有這一點，而這事實帶給我的打擊，意外得大。

托爾似乎也已忍無可忍，用強硬的口氣提出主張。

「愛理大人，請您好好面對現實！瑪琪雅小姐揭發了一連串事件的真相，並且讓您與整個路斯奇亞王國免於危機！」

愛理雙肩一震，詫異地仰望著托爾。

「托爾你這傢伙，用什麼口氣跟愛理說話！」

「殿下您應該也明白才是，巴契斯特先生的肉體被人使用禁忌魔法奪取，這個事實所代表的意義。」

吉爾伯特王子難得乖乖把話吞回去。

沒錯，想像一下應該就能明白事態有多嚴重。

「現在先回到王宮，從巴契斯特先生身邊展開調查吧。既然帝國方已先對路斯奇亞王國採取行動，我們可不能坐以待斃。」

萊歐涅爾先生板著嚴肅表情，十分冷靜地做出判斷。

這一次他在各方面都提供了許多協助。聽完我跟貝亞特麗切的說明後，帶著愛理前往巴契斯特老師房內的人也是萊歐涅爾先生。

「你們在說什麼？你們不相信我，而聽信她的說詞？」

然而，唯獨愛理仍無法全然接受現實。

在場其他人都明白，現在不是爭論這一點的時候。但愛理仍堅持針對「我」……

「有魔法師殺害了尤金並占據他身體？那正是瑪琪雅妳搞的鬼吧。妳一開始就先殺了尤金，奪取他的紋章，然後一直以來操控著他的身體。你們想想，這樣不就說得通了？我的故事中的壞魔女就擁有這種力量！」

「愛理……」

她的說詞已經毫無道理可言。

愛理無法正視現實，硬是編造理由替我冠上罪名。

就連其他守護者也啞口無言。

但愛理仍未察覺周遭氣氛，狠瞪著我一口咬定——

「我不會被騙的，妳才不是我的朋友，也不是守護者！妳是敵人！」

「……」

我欲言又止。

她真的已經無藥可救了。

無論別人怎麼說，不管眼前發生什麼狀況，愛理只期望一切依照她的劇本發展，所有人像戲偶一樣受她控制吧——只要她還繼續深信這世界是她創造出的故事舞台。

「妳從以前就討厭魔女呢，愛理。不，是『田中同學』。」

「咦？」

愛理聽見我用這四個字呼喚她，一時間愣在原地。

「妳一直把我當成邪惡的魔女，是因為妳理想的故事中需要這麼一位反派角色。」

我總算搞懂了，所以妳才會在「那一次」對我生氣。

妳分配給我的戲分，就是以壞魔女之姿作惡多端，妳根本沒有把我當成朋友，真的關心過我……

「這才是命運，是真理！我都明白的，因為這裡可是屬於我的——」

「妳閉嘴！」

我也扯開嗓門，讓愛理安靜下來。

「妳明白什麼了？這裡並不是妳筆下的《我的幸福物語》的虛構世界，我們也不是配合妳的任性來演出的『角色』！」

聽見作品標題從我口中說出，愛理驚訝地猛瞪大眼。

因為除了她自己以外，知道她在寫小說的人只有一個。

「這世界名為『梅蒂亞』。這裡的每一個居民都為了生存而竭盡全力，背負著各種不同的過去，內心懷抱著妳所不知道的意念。包含身體被奪取而死亡的尤金・巴契斯特在內，妳究竟了解他什麼？」

妳對這世界的一切，又了解多少？

巴契斯特老師不願意挺身成為守護者，確實有其理由在。因為他心裡有一位女性，值得他不惜犧牲一切去守護，而妳明明連這些都毫不知情，而妳明明即使得知了，也不願意相信。

並不是所有守護者都以這個身分為榮，盲目地愛著救世主。

愛理是尊貴的存在，這一點並沒有錯，但妳必須了解，每個人都有自己無法退讓的苦衷，都有自己所珍視的人想守護。

啊啊，總覺得又有想哭的衝動了。

因為愛理——田中同學至今尚未醒悟。

即使我用誠懇的眼神訴說，她仍聽不進去，更不願正視真正的我。

關於我的一切，妳根本一無所知。

「田中同學，妳還不明白我是誰嗎？」

「妳說什麼……」

「我——」

那一天，在那個世界裡的校園頂樓上。

那個可悲又消極的女高中生，同時失去了最親愛的兒時玩伴與摯友。

「田中同學，我是『小田一華』的轉世。」

我一手撫胸，堅定地告訴她。

光看外表無從發現，存在於我記憶深處的另一個屬於我的名字。

我這就把答案告訴前世的摯友與情敵——妳。

「咦……小田……同學？」

愛理那雙大大的眼睛裡，亮起了前所未有的驚訝之色。她呆立在原地，眼睛連眨都沒眨一下。

托爾也在一旁僵住了表情。

其他守護者應該也無法理解我的發言吧。

但我的忍耐已到極限。

深信我是個邪惡魔女，還用自己的任性來擅自解讀生活在這世界的人們，這種態度讓我忍無可忍。

就算此舉會讓妳大受打擊，我還是必須把真相告訴妳。

這是為了巴契斯特老師，為了托爾與其他守護者，同時也是為了愛理妳……

即使妳不把我當朋友還視我為敵，但這個事實唯有透過曾經身為妳昔日好友的我，才能讓妳明白——

「！」

總覺得腦袋開始發暈。眼前天旋地轉，身體也變得滾燙。

這或許是我第一次把深藏心底的祕密親口說出來。

我想稍微讓腦袋冷靜一下，便轉身背對愛理，一個人推開沉重的門扉，拖著搖搖晃晃的步伐走出大教堂。

「小姐！」

托爾隨後追了上來。

「沒關係的，托爾，你不用跟著我，去陪愛理……」

他用力拉住我的肩膀，看見我的臉之後不知為何驚慌失措。

「小姐，您還好嗎？您流出血淚了！」

「咦？」

托爾的發言出乎我的預料。

歪頭困惑的我一頭霧水地跑向中央廣場的噴水池，往水面湊近一看。

「唔、唔哇～～這是怎麼回事！」

我的表情現在非常駭人，因為我雙眼通紅，還流著血紅的淚。

這是「紅之魔女」魔法所帶來的副作用嗎？

難怪大家都說不出話來，而我頭昏眼花也有道理。是說，這也太恐怖了。

「小姐，必須快點想想辦法才行！要是失明可就不好了！」

於是，過度保護的托爾二話不說，抱著我趕往王宮醫務室。

我待在他的懷抱裡，擦了一下眼周的血淚，然後再次望向大教堂。

在敞開的門扉另一側，我看見救世主愛理一臉茫然地癱坐在地。

我說啊，田中同學。

這一次，我們彷彿宣洩了當時未能說出口的情緒，終於好好吵了一架。

幕後　耶司嘉，其意為「蒙灰的聖者」

「咯哈！勉強及格。真的是低空飛過啊妳～瑪琪雅・歐蒂利爾。」

本大爺名叫耶司嘉。

這名字在遠古的梵斐爾語中意味著「蒙著灰的聖人」。

受梵斐爾教國派遣而來的本大爺，是個地位崇高又所向無敵的主教，也是鐵面無私的審判者。本大爺同時身兼瑪琪雅・歐蒂利爾的審查官，評斷她是否夠格成為守護者。

本大爺一屁股坐在迪莫大教堂的屋簷上，目送瑪琪雅・歐蒂利爾在騎士的懷抱中離場。手裡同時拿著一疊舊紙張，上頭記錄著她一舉一動所得到的積分。

「不過呢，她在神聖的場所裡跟男人卿卿我我之時，就已經被我扣了大概一百二十分啦。還有，那個把貴為文化遺產的彩繪玻璃窗給撞破的黑髮傢伙，扣一百分！」

本大爺針對這次事件經過，潦草地隨筆記錄著數字，此時——

「你還是老樣子，在奇怪的評分點上才展現主教應有的嚴格呢。」

「嘖！煩人的傢伙來亂了。」

那個心機精靈魔法師，不知何時之間已出現在本大爺身後。

路斯奇亞王國的二王子，尤利西斯……姓什麼太長了，不記得啦。

他臉上浮現裝模作樣又輕浮的淺笑，俯視著本大爺。真想殺了他。

「怎麼樣？耶司嘉主教，瑪琪雅・歐蒂利爾這個人的表現，還讓你看得上眼嗎？」

「哼，那就是所謂的『紅之魔女』的命令魔法是吧。雖然這次好像沒發揮全力，不過的確是令人驚異的強大力量。但是呢，跟本大爺的最強魔法還差得遠了。」

「呵呵，那道使用淚水的魔法，令我十分懷念呢。你知道嗎？魔法學校裡的第一迷宮會有鹽礦，正是因為『紅之魔女』過去曾在那裡嚎啕大哭而產生的。」

「啥？嚎啕大哭？那個十惡不赦的魔女會哭？」

本大爺不由自主回頭一看，這傢伙不知道回憶起什麼，輕聲笑著說：

「是『黑之魔王』與『白之賢者』把她惹哭了，事情經過一言難盡。」

「啥～～？」

完全聽不懂發生什麼事，但本大爺也沒興趣知道。

不過，唯一大致理解到的，只有那座第一迷宮為何以鹽岩打造而成的理由了。雖然本大爺對此也沒有多好奇。

「耶司嘉主教，我可以把瑪琪雅小姐托付給你吧？」

「哼，我看她是有好好嚴加鍛鍊一番的價值啦。」

本大爺斜眼望向那個露出噁心淺笑的傢伙。

「我還以為你想親手栽培她咧，你不是最喜歡有潛力的可造之材了嗎？明明還刻意把瑪琪雅・歐蒂利爾推下第二迷宮。」

本大爺用隱約察覺到的推論來挖苦他一番。

「因為我非常想讓她親眼瞧瞧，第二迷宮裡的某樣東西。」

這傢伙仍帶著淡淡的笑容，周遭卻散發出冰冷的魔力。

他雖然給人高深莫測的印象，但心思卻意外清晰地顯現於魔力的變化之中呢。

「還有另一位人物也需要覺醒，我就負責專心處理那位。」

「哈！那個男的是吧。」

重新把頭轉回前方，本大爺回想著已消失於現場的那兩人幼稚的模樣。

只顧著哭的紅髮少女，與陷入令人焦躁的糾結與兩難中的黑髮少年。

「那兩人真的是『紅』與『黑』嗎？在我眼裡看來只像兩個小鬼頭。」

本大爺語帶不滿地如此說，緊接著，全身感受到現場氣氛瞬間緊繃得一觸即發。

「我是不可能錯認那兩人的。」

站在我側邊的心機男壓低了聲調，十分肯定地說。

晚風宛如呼應其魔力，吹得他髮絲飄逸。

本大爺斜眼仰望著他的這副模樣，嗤鼻笑了一聲。

事情發展得越來越有趣了呢。正當我心想著不如乾脆進一步挑釁時，心機男露出假惺惺的親切笑容。

「對了，哥。」

「少喊我哥，不許這樣叫我。」

「你最恨的『青之丑角』逃之夭夭，真的沒關係嗎？你對他不是深惡痛絕，恨不得親手解決他嗎？」

「哈！少明知故問了。」

本大爺站起身，睥睨著這個國度無垠又晦暗的海天景色。在強風吹襲的同時，將手中的紙張舉高一灑。

「下次相遇時，可不會再放過你了！前世的恩怨，必定在今世跟你做個了結。這可是『我們』輪迴轉世來到這個時代的目的！」

紙張漫天飛舞於夜空的同時，本大爺意識到一股可恨的「青」色餘香飄盪，便按著頭上的主教冠，一個飛身躍下屋簷，降落在大教堂後方巷弄。

循著那股餘味前進，最終發現的是一張白色小丑面具悄然掉落於地面，還在微微晃動著。那是附身於尤金・巴契斯特體內的「青之丑角」所有。

上頭還殘留著些許魔力。

面具上那張不安好心的可憎笑容，彷彿現在仍打著什麼壞主意。

本大爺從領口內掏出手槍，將魔法陣聚合在槍口，毫不留情地朝面具連續射擊，將其徹底粉碎。

「梅・蒂耶——對這世上的邪惡，敲下制裁的法槌。」

本大爺名為耶司嘉。

若他是這世界的絕對之惡，那我就是不容質疑的正義。

第十話　黃金之風吹拂

好久好久以前，這個世界上曾存在三位偉大的魔法師。

黑之魔王是位黑髮美男子，擁有驚為天人的俊俏面容。

他在雪國以魔物之王的身分君臨天下，擅於打造專屬於自己的堡壘。

白之賢者是位白髮魔法師，集眾人崇敬於一身。

他降伏眾多大精靈，能隨心所欲操控自然界的力量。

紅之魔女是位紅髮魔女，身穿大紅色禮服，頭戴著三角尖帽。

她的性格蠻橫殘酷，以頭髮、眼淚與鮮血做為媒介，利用魔法進行創造與破壞。

三位魔法師雖然總是有吵不完的架，但交情其實並不差。

他們對彼此的才能惺惺相惜，時而給予彼此建言，並且不吝於讚揚對方。

在這樣的相處時光中，某一天，白之賢者對其他兩人提議。

既然三位有才的魔法師齊聚一堂，除了互相較勁之外，要不要試著攜手創造出更多的可能性——他問。

黑之魔王與紅之魔女起初雖然嫌麻煩，但在白之賢者用盡辦法半哄半騙，半拐半威脅之下，總算讓兩人答應合作。

就這樣，他們的創作開始漸漸具體成形，三人共同打造的作品是一座砂堡——專屬於他們的桃源鄉。

他們的創作過程就像三位孩子在海灘玩沙。

這三位魔法師在南方的孤島上建造了規模壯觀的堡壘。

在完工之時，歡欣鼓舞的他們頌揚著彼此的能力與成果。

事成之後，三人再也沒有攜手合作的理由。

「曲終人散。」「分道揚鑣。」

「未來又是競爭對手了。」「吵架可以，但要適可而止。」

「再會了，友人。」「再見了，知心。」

兩位男性大魔法師的辭別乾脆而俐落，唯獨紅之魔女分不清自己的內心是悲還是寂，是喜還是樂，就只是茫然地潸然淚下。

她的眼淚深深沁入打造於地底下的迷宮，讓第一層空間布滿了淚水的結晶，形成固若金湯的鹽之迷宮。

三人共同立下了誓約。

未來總有一天要利用這座堡壘，守護彼此最重要的寶物。

那麼，這三位越吵感情越好的冤家，最終怎麼會引發讓世界中心夷為平地的慘烈戰役呢？

這是有原因的。

因為殘酷的救世主從異世界降臨了。

那是一位擁有金髮與石榴紅色眼眸的無情勇者——

○

感覺自己做了一場莫名懷念的夢，同時又像童話故事的某個片段。

「瑪琪雅小姐，妳醒過來了嗎？」

「尤利西斯老師，是你嗎？」

耳邊明明傳來精靈魔法學老師尤利西斯的聲音，眼前卻一片漆黑。

伸手摸索眼周，發現雙眼上纏繞著類似布料的東西。

我在某人緩緩攙扶下坐起身。柔軟髮絲與布料的觸感，伴隨著怡人香氣一同傳來，隨後眼周的布條便鬆脫並散落。似乎是尤利西斯老師幫我解下的。

我看見布料上沾有血跡，回想起昨天自己使出的魔法與其副作用。

「我……意外流了不少血淚耶。」

「妳的反應出乎預料地冷靜呢，瑪琪雅小姐。」

尤利西斯老師一臉五味雜陳地露出微笑。

這裡似乎是王宮內的醫務室。記得我好像是昨天被托爾帶來這裡接受治療，留在這裡的床上睡了一晚吧。因為當時實在頭暈得天旋地轉。

「難道我像上次一樣，昏睡了好幾天嗎？」

「不，騷動是發生在昨晚。非常抱歉，事態演變成如此嚴重，我本人卻無法到場……」

尤利西斯老師愧疚地低頭道歉。

我搖了搖頭，同時仍注視著老師，詢問他昨天的事情。

「請問……後來，狀況怎麼樣了？」

沒錯，這令我非常掛心。

老師抬起臉，慢慢向我道來。

據悉，陳屍在迪莫大教堂內的尤金・巴契斯特，遺體仍維持石化狀態，已正式確認死亡。

後來，根據騎士團針對尤金・巴契斯特的研究室、住處與周遭相關人士進行調查的結果，在他房裡查獲未婚妻里菈・皮斯凱特的照片與其相關病歷，還有大量實驗紀錄與各種禁忌魔法書籍。

另外，據說還找到了他的日記，上頭記述了身為守護者卻隱匿不報的自己，在與救世主愛理相處時產生的後悔與告解。

每日從未懈怠，持續記錄的這些日誌，也在某一天突然中斷了。

最後的日期就停留在我的生日，沒錯，也是守護者刻印出現在我身上的那天。

「果然……巴契斯特老師在那天……」

「是的，他的肉體被禁忌的『傀儡魔法』所奪取了吧。」

另外還有多項證據也浮出水面，洗清了貝亞特麗切與尼可拉斯的罪嫌。

但是，痛失尤金・巴契斯特這位英才，對路斯奇亞王國造成了莫大損失。身為同窗舊識的尤利西斯老師，也難掩憂傷之情。

「尤金・巴契斯特。像他那樣才華洋溢又努力不懈、專心一致，從不口出惡言，為人清廉正直的魔法師，這世上找不到第二個了。他生前是路斯奇亞王國引以為傲的人才。」

「是的。」

「也因此，所有人都不曾懷疑到他身上。因為大家都相信他不可能背叛，他說的話不可能有半點虛假。對於尤金未被選為守護者這一點，我當初應該多抱持一點懷疑態度的，畢竟他是如此獨一無二的存在。」

當這位稀世奇才，發現自己無法拯救唯一摯愛之人時的絕望，會有多麼深呢。

同時身兼守護者、王宮魔法師與一個平凡的男人，他將各種選擇放上天秤權衡，受盡糾結、躊躇與掙扎的煎熬。

此時趁虛而入的，是那位名為「青之丑角」，殘酷與扭曲的化身。

從那個藍色小丑身上，我目睹了魔法偏離正軌後的樣貌。

「老師，我之前遇見了一位自稱『青之丑角』的藍色裝扮小丑，他到底是什麼人？」

他比我過往所見過的任何一個魔法師，都來得更離經叛道與邪惡。

老師的神色稍微一變。

「這個呢……原本是古老童話中家喻戶曉的角色，但在魔法世界史的某學說裡，他被認為是真實存在過的大魔法師之一。沒有人知道他是何時開始崛起的。他總是出沒於歷史上的重要轉折點，利用特殊的『傀儡魔法』奪取人類的肉體，占有其身分與能力，在暗中運籌帷幄，影響這個世界。」

老師露出認真的表情，用手指摸著下巴繼續說下去。

「尤金是在哪個時間點被那個人的傀儡魔法所控制，目前不得而知。但唯一確定的是，那位『青之丑角』是北方艾爾美迪斯帝國陣營的人。也意味著，帝國早已祭出大魔法師這張牌，進入備戰狀態了。」

大魔法師這張牌……

那位小丑曾說過，這世界上的大魔法師經過流轉輪迴，將會再次齊聚一堂。

「那位『青之丑角』鎖定的目標，似乎就是妳本人呢，瑪琪雅小姐。」

「好像……是這樣沒錯，他似乎把我誤認為『紅之魔女』了……」

他對我的企圖好像只有拉攏我加入帝國陣營，不然就是把我殺了。

當時自己彷彿被某種黑暗淤濁且難以名狀的東西給吸進去，那股恐懼感至今仍隱隱讓我心有餘悸。

要是真的被吸了進去，我現在會變成怎樣呢？

微微一瞥尤利西斯老師，發現他露出至今最凝重的表情。

「瑪琪雅小姐，請妳千萬不要聽信那個小丑的讒言，妳已經被盯上了。因為所有人都知道『紅之魔女』的魔法所擁有的『破壞』力量，遠超過任何兵器。」

的確，我的老祖宗是個能使用強大魔法在這世界正中心轟出一個洞的魔女。而正如老師所言，這已是人盡皆知的事實。

「我……只不過是守護者的一員而已，卻連這份使命都無法達成。」

「是呀，為什麼妳會被選為守護者呢……」

「……」

果然，就連尤利西斯老師都覺得我不是個適任的人選吧。

總覺得一股羞愧感油然而生，我緊緊抓著身上的毯子。

「還有一件事，妳似乎對愛理原本所處的世界，有很深的了解？」

「咦？」

突然拋出的這個話題，讓我一時之間僵住了。

尤利西斯老師用刺探的眼神凝視我。

恐怕老師是從其他守護者或是愛理口中得知了，我昨晚對她說出的那番話吧。我微微皺眉並垂低了頭。

「昨晚的事情我已經聽說了，瑪琪雅小姐會生氣也是無可厚非，畢竟愛理的思考有時過於主觀武斷。」

「……」

「不過，她本人內心也因此產生巨大動搖，目前關在房裡臥床不起。再這樣下去，我很擔心她今後是否能善盡救世主的使命。關於兩位之間發生的事，我有知情的必要。」

「那是因為……我做了很對不起她的事情。」

尤利西斯老師的立場本來就是站在救世主那邊的，或許他已對我感到失望。

即使如此，他仍願意耐心聽我解釋嗎？

「我接下來要說的，可能很難以置信……」

我不知道這件事對愛理以外的人能否說得通。

但我感覺自己有必要先向他坦白一切。

「尤利西斯老師，我擁有『前世』的記憶。」

「……」

「我前世的名字是小田一華，與愛理大人活在同一個世界，而且是她的同學。不過我們最後變成情敵就是了。」

「情敵？」

「啊，呃……後面那句不是重點。」

不小心脫口而出了，但這部分根本無關緊要吧。我急忙舉起手在面前揮了揮，試圖敷衍過去。

「然後，我……在某天被一個金髮紅眼的男人所殺害，剛好是五月的第一天。我跟一位從小就認識的男孩子，在校舍的頂樓，一起喪命了……」

我回溯著記憶，斷斷續續說著。

「我當時以為愛理大人也在現場，被同個男人殺害了。但她並沒有死，反而以救世主的身分受到召喚，降臨梅蒂亞……」

我也開始不明白自己到底在說些什麼了。

尤利西斯老師想必也有聽沒有懂吧。

「金髮……紅眼……原來如此。」

然而，老師的神情卻像是莫名明白了什麼。

他的嘴角一瞬間揚起意味深長的笑容，不像他平常的作風。

「老師？果然這些聽起來很像鬼話連篇對吧……」

「不，既然妳跟愛理有這麼一段前緣，至少我從中感覺到希望了。」

「你說希望嗎？」

是指救世主與守護者的這層關係，有修復的可能性嗎？

我內心仍五味雜陳，此時老師靜靜站起身走向窗邊。

他背對著我凝視窗外遠方，然後說道：

「其實，這世界上擁有『前世記憶』的人並不算少。」

「前世記憶？像我這樣的人嗎？」

也就表示，還有其他人也是從異世界投胎轉生而來嗎？

尤利西斯老師並未做出任何回答，短暫沉默了一會兒後說：

「抱歉，妳身體還沒好，就跟妳說些有的沒的，這件事以後有機會再說吧。」

「可、可是……」

我非常在意，究竟還有誰擁有前世記憶。

然而老師一個回首，用輕聲低語試圖安撫我的情緒。

「別擔心，稍安勿躁。」

老師的這句話，同時也像是在說服他自己。

他對著在床上充滿困惑的我，露出往常那般柔和卻多了一絲感傷的微笑，然後說：

「我一直在等候著『妳』的歸來。」

進入深秋，路斯奇亞王國的氣候也多了分涼意。

「馬鈴薯專題研究」也總算進入最後階段。

為期約整整一個月，與馬鈴薯奮戰與共生的時光。

終於能從這馬鈴薯地獄中解脫，組員們的心情似乎都很興奮。

然而，唯有我最近一直心不在焉。

「喂～組長？」

弗雷在我面前彈指，而我仍用手撐著臉頰放空，眼睛與嘴巴都呈現半開狀。還無意識地拿起原本用來餵倉鼠的葵花籽吃個不停。

「瑪琪雅從好幾天前就這副模樣，感覺整個人精神渙散。」勒碧絲說。

「是受貝亞特麗切小姐的事情所影響嗎？但洗清罪嫌的本人卻已經活力四射了耶。」弗雷說。

「必須要在最後這幾天內，把報告整理完畢才行。瑪琪雅若幫不上忙，我們這組岌岌可危啊。」尼洛說。

你們這些人講話還真是口無遮攔啊。

不過這也無可厚非，畢竟知道當天真相的人只有我一個。

尤金・巴契斯特老師的事件被定調為意外事故死亡，王都與校園內的許多人都十分景仰老師且曾受助於他，讓兩邊都籠罩在悲愴的氣氛中。如今，大家已將這些拋諸腦後，滿心期待著幾天後的豐收祭到來。這也並不是什麼壞事就是了。

冷靜下來仔細想想，這次事件是一場悲劇。

若要向巴契斯特老師問罪，他頂多只錯在隱瞞守護者身分，其他全是受藍色小丑所操弄。到頭來，我連一次也沒見過真正的巴契斯特老師本人。

而且，我還當著愛理的面說出令人衝擊的真相。

在那之後，我從未以守護者的身分被傳喚入宮，相對地也沒有受到任何究責。

當時雖然因為暢所欲言而感到痛快，但事後卻越想越鬱悶……

「所以到底是誰害的？把瑪琪雅弄成這樣子。」

啊，勒碧絲默默生氣了。

她瞪著弗雷與尼洛，開始找罪犯。她裝著義肢的手強而有力地撐在桌上，把桌面都壓得凹陷了。

「跟、跟我完全無關喔，大概吧。」

「我也沒做什麼啊。啊，難道是在氣我擅自幫倉鼠的滾輪裝了發電裝置嗎？」

弗雷畏畏縮縮地回答，尼洛則丟出無厘頭的天然發言。

「沒事啦。你們又沒做錯什麼。我只是思考了許多事，心裡充滿感慨罷了。人有時候就是會這樣嘛？」

我輕嘆了一口氣，整個人趴在桌上。

「哼，不管那種人了啦，反正我就是個邪惡的壞魔女。」

「？」

組員們面面相覷。

他們似乎認定小鬧脾氣的我果然哪裡不太對勁。那個弗雷竟然繞到我身後，把雙手往我肩頭一放，莫名其妙幫我按摩起肩膀。

「好啦好啦～組長。雖然完全不清楚發生什麼事，但妳別這麼消沉啦。我們都明白得很，組長其實意外是個善良的傢伙。」

「……」

「沒錯，瑪琪雅。妳的敵人就是我的敵人。」

「瑪琪雅，少了妳的付出，第九小組應該無法順利走到今天吧，我們很需要妳。」

不只弗雷，勒碧絲與尼洛也似乎在安慰我。

起初一臉彆扭的我，眼眶漸漸濕潤起來。

跟這群願意接納我的組員們在一起，也讓我內心放鬆多了。

「瑪琪雅・歐蒂利爾，妳在嗎？」

此時，工作室的門猛然被推開，讓我的眼淚縮了回去。

「貝亞特麗切？」

我還心想難得有外人上門，結果是意想不到的來客——貝亞特麗切與她的小管家。

她帶著莫名嚴肅的表情，大步地闖進別人的工作室裡，威風凜凜地岔開雙腳站在我面前。

什、什麼狀況？

「瑪琪雅・歐蒂利爾，我是來償還妳的。」

「嗯？我有借妳什麼東西嗎？」

「真笨耶妳，我是來還上次欠妳的人情啦！」

貝亞特麗切臉上莫名泛著紅暈，同時彈了一下指。在後方待命的小管家尼可拉斯・赫伯里拿出一個大盒子擺在我面前。

「這是什麼？」

「瑪琪雅小姐一定會喜歡的。」

尼可拉斯・赫伯里帶著和藹的笑容打開盒蓋。

「？」

天啊！裡面裝的豈不是我最愛的檸檬派嗎？表面滿滿都是輕柔蓬鬆的蛋白霜，而且還是一大個完整的派！

「妳是怎麼了？貝亞特麗切！咦？這是怎樣？我可以吃嗎？」

「當然啊，我就是為此才叫我們阿斯塔家的專屬甜點師準備的。」

貝亞特麗切撥了撥肩上的髮絲，態度依然高傲冷淡。

懂得察言觀色的尼洛，靜悄悄地拿著銀色叉子遞給我。

「咦？大家不用一起分著吃嗎？我可以直接吃的意思嗎？」

「請用。」

我順著組員們的催促，拿起銀色叉子從檸檬派的邊緣開始下手。

獨自享用一整個派，實在太沒氣質又奢侈了。

「唔哇～好厚一層的蛋白霜，唔哇！輕脆又蓬鬆！」

蛋白霜表層微焦的部分香香脆脆，底下厚實的分量營造出空氣般的口感，並帶著恰到好處的甜味，與濃醇的檸檬蛋黃醬形成絕妙平衡，風味優雅而洗鍊。最底層的派皮則保留著彷彿剛出爐般的酥脆感，奶油的微鹹有畫龍點睛的效果，是完美襯托主角風采的最佳配角。

「不愧是阿斯塔家的專屬甜點師耶，吃起來是一流的美味。」

「畢竟我跟尼可拉斯上次受妳照顧了，我聽說後來妳還很辛苦。」

「算是吧。不過我聽說妳跟尼可拉斯也勇敢地堅持自我主張，證明自己的清白。幹得不錯嘛。」

「那還用說。」

貝亞特麗切將視線飄往旁邊，態度變得扭扭捏捏的，似乎還有話想對我說。而我依然專心享用著檸檬派……

「瑪琪雅。」

噢？難得她願意直喊我名字。

嘴邊還沾著蛋白霜的我抬起臉，發現她用十分認真的眼神注視我。

「妳今後要背負的命運，想必十分沉重吧。」

「……」

她知道我被選為守護者。

或許還知道，這個身分後來讓我陷入了一言難盡的立場。

「也許妳會受到許多無關人士的閒言閒語或是中傷。但是，只要妳願意向我求助，我——貝亞特麗切・阿斯塔，必定會向妳伸出援手。」

貝亞特麗切一手撫胸，再次正式地向我宣告。

「下一次，換我們來幫助妳……瑪琪雅。」

沒想到能獲得這劑如此可靠的強心針，我暫停享用最愛的檸檬派，直直凝視著貝亞特麗切。

她也回應了我的視線。

交會的眼神之中，過往的敵對與競爭意識已不存在，只感受到一種莫名自在的坦然，彷彿心連心的羈絆。

這股心情究竟是什麼呢？

「呵呵，貝亞特麗切大小姐最近為了要送瑪琪雅小姐禮物，煩惱了好一陣子。因為大小姐只知道瑪琪雅小姐喜歡的東西有檸檬派而已。」

「呃，欸！尼可拉斯，你多嘴什麼！」

不小心說溜嘴的小管家，打破了這段漫長的沉默。

貝雅特麗切邊扯著小管家的領帶，邊滿臉通紅地發脾氣。

原本在旁靜靜看著我倆的組員們，目睹以上畫面也忍不住笑了出來。

而我則感到胸口一股滾燙。

內心原先懷抱的不安、孤獨與難以名狀的鬱悶，都像檸檬派上的蛋白霜一樣溫柔地溶化而去。

我想我們之間，已建立起了全新的情誼。

從貝亞特麗切的言語與眼神中所感受到的堅強意志，就是如此地強烈。

「嗚嗚～謝謝妳，貝特亞麗切、貝亞特麗切～～～」

「瑪、瑪琪雅？妳為什麼哭了？」

見我哭出來，她完全亂了陣腳。我想我的內心大概被太多的無可奈何所折磨，這段時間一直深陷於不安中吧。

但是，唯一了解內情的貝特亞麗切給予我充滿溫度的激勵，成為我強大的支柱。

不僅僅是她而已。

組員們也一直很關心我的狀況。

我也該回到原本朝氣十足的瑪琪雅，好好享受學生應有的青春了。

這才是我最初的目的。畢竟我一直夢想著在這間校園裡度過求學時光，才一路努力至此。

「不過，瑪琪雅妳可別誤會了。我可沒有打算把馬鈴薯專題研究的第一名拱手讓給妳，我們石榴石第一小組這次也會拿下冠軍的。」

「哎喲～這就難說囉。千金大小姐面對馬鈴薯有多少能耐，真值得一看呢，這次的第一名必定是我們石榴石第九小組的囊中物！」

難得才營造出溫馨的氣氛，到頭來還是演變成充滿火藥味的較勁，最後彼此還「哼」地一聲撇頭不理對方。

沒錯沒錯，這才像我們嘛。

像這樣彼此保持意識，在相互刺激下切磋砥礪……

無論最後笑著迎接勝利的是哪一方，在重要時刻仍能支持著彼此，兩肋插刀的話，想必我們能成為真正的朋友吧。

幾天過去，馬鈴薯專題報告總算大功告成，由全組成員一起提交出去。

魔法家政課的波妮特老師對報告給予高度評價，並且對於我們能保持營養均衡與健康的身體狀態堅持到最後的這份努力讚揚有加。

這也就表示，可能有其他學生攝取過多馬鈴薯與飲食失衡，導致身體出問題……

結束這可怕的課題，總算能隨心所欲地吃東西，於是大家討論起不如出門前往充滿豐收祭氣氛的市區邊逛邊吃。就在我們準備先回一趟工作室拿行李之時——

「啊……」

就在從工作室能望見的白色海灘上，我發現熟悉的黑衣騎士與巨龍佇立的身影。

「噢～組長的前男友非法侵入校園啊。」

「才不是前男友咧，弗雷，是前騎士啦。但非法侵入這點我不否定你。」

托爾來學校找我已經是第二次了，不知道有什麼事情。

「瑪琪雅，妳去見他吧。」

「我們先出發前往王都了。」

尼洛與勒碧絲也對我展現莫名的貼心。

是因為我之前向他們自曝與托爾的關係，還大哭一場的緣故嗎？

「抱歉呀，各位，那我們晚點會合吧！」

於是我在奸笑不語的組員目送下，帶著竹籃倉促地跑下海濱，去見像隻忠犬般乖乖原地等候的托爾。

「托爾，好久不見了，你怎麼跑來了？」

「來見小姐一面。」

托爾充滿騎士風範地向我行禮後，伸出自己的手指給我看。

指尖有一道小小的切痕，看起來就像被紙割到的傷口。

「小姐之前說過，受傷了就過來找您對吧？」

「這個嘛，我是說過沒錯啦。」

但這跟我原本指的「受傷」差距也太大，這種小傷感覺用口水舔一舔就沒事了吧……

即使如此，托爾的來訪還是令我喜出望外。

「呵呵，那你過去坐好。」

我讓托爾坐在擱淺於海灘的標流木上，然後自己也在他旁邊坐下。

「剛才小姐的同學們也在場對吧。既然弗雷殿下也在內，代表那些人應該是您率領的組員？」

「嗯嗯，沒錯，石榴石第九小組。弗雷你應該很熟了，然後黑髮的女孩子是勒碧絲，白金色頭髮的男孩子叫尼洛。大家都非常優秀出色，是前途可期的魔法師。」

我打開竹籃，邊翻找東西邊回答。

「學校生活真不錯呢。」托爾呢喃了一句，他是否也很渴望求學呢……

「先別說這些，托爾你時間不要緊嗎？最近是豐收祭，到處都很熱鬧，我以為你也會跟愛理一起四處逛逛。」

「不，友盟國高峰會召開在即，愛理大人目前正與吉爾伯特殿下努力練習舞蹈。」

「愛理她……呃，過得還好嗎？」

「是的，被小姐狠狠當頭棒喝之後，原本很消沉，現在已經恢復精神了。畢竟友盟國高峰會是救世主上任後第一份重大任務，愛理大人似乎卯足了全勁，嚴陣以待。」

原來如此，那就好……

托爾往下瞄了放下心中大石的我一眼。

「所以說，我也認真投入於騎士團的巡邏工作，同時趁空檔來找小姐幫忙療傷這樣子。」

他再次把手指頭的傷口展示給我看。

「真是的，你應該不是無故曠職吧？」

「治療傷口也是我的職務之一。況且我可沒有曠職，萊歐涅爾先生給了我兩小時左右的休息時間。他用力拍了拍我的背，要我來見小姐一面。」

噢？這還真意外，萊歐涅爾先生跟吉爾伯特王子不同，並不認為托爾來見我是什麼嚴重的問題嗎？

我總算從竹籃裡找出小藥瓶，裡面裝著歐蒂利爾家祕傳的里比特創傷藥。我打開蓋子，用手指沾取紅色的黏稠狀藥膏。

然後將其輕輕薄擦在托爾的傷口上，吟唱咒語替他進行治療。

原本想強脫他衣服，確認身上還有沒有其他傷口，但被勸阻「這種行為實在不太恰當」而罷休。

「謝謝小姐。那麼事不宜遲，約定好的東西就請您笑納了。」

「咦？難不成是伴手禮？」

「是的。我可不能忘了這個，否則會被小姐臭罵一頓的。」

「我才不會為了這種小事罵人啦！光是你人過來就夠讓我開心了。」

「您嘴上這麼說，但手還真誠實呢，小姐。」

我朝著拿出造型時髦的白色盒子與包裝紙的托爾伸出了手。

見我試圖接下，他便故意逗著我玩，左閃右閃地躲開我的手。我心想這男人果然需要一點教訓。

「裡面是吃的，有甜食也有鹹食，您要先吃哪種？」

「嗯哼，那我就先從鹹的開始享用吧。」

我擺出大小姐的裝模作樣表情，把手帕鋪在膝上準備。

「那就先吃這個囉。」托爾打開包裝紙，讓我一睹內容物。

裡面是尺寸類似柳橙大小的圓球狀炸物，圓滾滾的表面炸得金黃焦香。這到底是什麼？

「我記得小姐喜歡吃米飯對吧？」

「啊，難道這是炸飯糰？」

據說這是最近逐漸普及於王都居民餐桌上的家常配菜——名為阿朗奇尼的炸飯糰料理。將米飯與肉醬混合後，加上番茄、起司、鹽與胡椒等材料調味過後捏成圓球狀，沾附麵衣之後下鍋油炸而成。

從紙袋中取出一顆，發現還帶著餘溫，很明顯是剛炸好的。我用袋內附的薄紙包住炸飯糰，咬了一口。

「喀滋……」麵衣發出輕脆的聲響，口感仍保留完美的酥脆度。豐沛的油脂在口中擴散開來的感覺，也是炸物的美味精髓之一。

嗯嗯嗯，起司！正想一口咬斷時，發現莫札瑞拉起司牽出長長的絲！

每一次咀嚼都能享受番茄醬調味過、粒粒分明的米飯，以及絞肉的口感與鮮味。青豆也是非常亮眼的點綴。最重要的主角還是起司，滿滿的莫札瑞拉起司。

唔唔，這實在太好吃了。雖然有別於以前在日本吃過的米飯料理，但專屬這國度的特色菜也別有一番美味。炸飯糰分量十足，吃得陶醉的我仍馬上吃完了。

「啊，真好吃～下次我也試著自己做做看好了。」

「小姐做出來的，感覺會變成砲彈尺寸呢。」

「老實說，我的確想做那種大小來吃，最近我食量變得很大。」

托爾已幫忙準備好濕手帕，我便充滿感激地拿來擦手。

其實他已不是我的侍從，根本不需要為我做這些的……

結果我也就這樣接受他的好意，真該改改啊。

「快讓我吃下一樣。」

「是是是。」

我的反省也只維持了短短一瞬間，托爾依照我的要求打開白色盒子，裡面是……

「啊啊啊！這個！是現在王都正流行的奶油餡脆餅捲對吧！」

看見數條細長狀的甜點排列在盒中，我不假思索地伸手一指。

所謂的奶油餡脆餅捲，是用麵粉製成的餅皮捲成中空圓筒狀並經過油炸，裡面再填滿以瑞可塔起司、櫻桃乾與橙皮條等材料混合成的奶油甜餡，是兼具美味與討喜賣相的一款甜點。或許有點類似捲心派？這原本是歷史悠久的傳統點心，最近不知道受什麼影響而引起熱潮，據說深受觀光客喜愛。

「太好了、太好了！娜吉姊說呀，她最近四處吃遍王都正流行的奶油餡脆餅捲，所以我也好想嘗嘗看。」

於是我張大了嘴，從脆餅捲的一端大口咬下。

餅皮偏硬脆而且很酥鬆，吃起來意外地順口。

裡面的奶油餡以羊乳製成的瑞可塔起司為主，清爽的甜度中還帶著微酸，風味非常高雅。與其說濃醇，正確來說其實很爽口。明明是滿滿的奶油餡，卻能讓人一口氣吃個精光。

「才剛結束與課題報告的苦戰，這股甜味真是撫慰身心啊～～」

正當我陶醉而豪邁地大口享用著甜點之時，發現自己被托爾直直注視著。

「幹嘛啦？緊盯著人家吃東西的樣子。」

「沒事，只是在想小姐您還願意繼續戴著那副耳環呢。」

「那當然啊，這是我最中意的寶物。」

我寶貝的紅水晶耳環。這是托爾送給我的生日禮物，所以我每天當成護身符佩戴。但托爾卻只事不關己地回了一聲「是喔」。

「您的頭髮……又變長了一些呢。」

「真的？自己感覺不太出來呢。不過要回到以前的長度，可能還得繼續留一陣子。」

被他這麼一說，我稍微過肩的紅髮似乎確實比之前長了些。

不過話說回來，托爾還真是對我觀察入微耶……

「你也吃吧。」不知怎麼地難為情了起來，於是我邀請他一起吃，但他卻搖頭拒絕。

「全留給小姐一個人享用吧，看您的吃相就讓我夠滿足了。啊，我還買了冰涼的瓶裝咖啡牛奶過來，裡面加了小姐最愛的蜂蜜。」

「噢噢～不愧是托爾，真佩服你對我的喜好瞭若指掌呢。」

托爾走回正在海濱挖著砂玩的冰龍身邊，帶著一只皮革材質的袋子返回。可能是因為掛在冰龍身上的緣故，整個袋子都被冰得透心涼。

他轉開印有店家商標的瓶裝咖啡，把加了大量牛奶而且比較甜的一瓶遞給我。他自己的那一瓶則是漂著檸檬切片的黑咖啡，提神醒腦效果極佳。他在執勤時間是不是都喝這種呢……佐著咖啡的苦澀，我們在海濱邊看著浪花拍岸，邊有一搭沒一搭地聊著，共度平靜而悠閒的時光。

「關於尤金・巴契斯特先生的事……」

過了一會兒，托爾用低喃的聲量開啟這個話題。

「其實，據聞在他死後不久，他的未婚妻里菈・皮斯凱特也跟著嚥下了最後一口氣，兩人葬在彼此的墓旁。」

我決定靜默不語，聽他繼續說完。

「在大醫院裡養病的她，原本已是末期狀態。但她似乎隱約感應到巴契斯特先生的異變，將其記錄於日記中。目前正以她的日記內容為線索，追查帝國的魔法師與巴契斯特先生進行接觸的時間點。」

「這樣啊。」

不愧是未來的妻子，所以才能第一時間察覺到巴契斯特先生的轉變吧。但她在未知曉真相的狀態下，跟隨愛人的腳步離去，或許也是一種幸福的結局吧。他們並沒有留下彼此一人孤獨在世。

只能從這樣的結局中找尋救贖，是多麼地殘酷。

「小姐，我好像頗能理解巴契斯特先生的心境，但我當時卻無法做出跟他一樣的選擇。」

托爾凝望著大海，並緊緊握住手中的冰咖啡瓶。

我見狀便用力搖了搖頭。

「不是的，托爾。你所做下的決定，守護了我與我的家人，以及歐蒂利爾家上下。」

「……」

「我都明白的。」

我伸手貼上托爾的臉頰，把他的臉轉過來面向我。

托爾並沒有做錯什麼。

到頭來，等待著巴契斯特老師的，只有最糟的結局。

「那個，小姐，其實我，一直有件事想請教您。」

托爾拿起我貼在他臉上的手，緊緊握著往下放。

然後用犀利的眼神凝視著我。

「小姐，您原本就認識愛理大人嗎？」

手被托爾抓住的我，把游移的視線飄向不特定的一處。

托爾會在意這件事，也是情有可原。

誰叫我當時在大家面前揭露了一切，雖然內容應該聽得一頭霧水，但托爾從我跟愛理的對話中，大概產生了不少疑問。

「嗯，沒錯。我有前世的記憶。」

「……前世？」

「就是那一天，在流星雨降下的那晚，我找回了前世的記憶……」

而那天也正是托爾身上出現守護者印記的日子。

我用平靜的聲調繼續慢慢說明。

「我——瑪琪雅・歐蒂利爾，在誕生於此世之前，曾跟愛理存在於同一個世界中。我們過去曾是朋友。」

「您說您跟愛理大人曾喜歡上同一人，這是怎麼回事？」

托爾真是的，竟然連這種細節都記得。

不過這男人的確從以前就是這樣，幾乎把我的一字一句都牢記在心裡就是了。如此心想的我邊苦笑邊回答：

「是呀，我跟愛理喜歡上同一人。對方是我的兒時玩伴，雖然個性有些冷漠，但總是願意與我作伴，有事時不吝對我伸出援手。是個相處起來讓我覺得很自在的人。」

我仰頭看著天上飄動的雲朵，同時回溯起遙遠往昔的記憶。

彷彿已成理所當然的每日共同通勤時光。無論有沒有言語交流，與彼此一起度過的光陰總是平靜又令人安心——我們曾是這樣的關係。

對，對照如今的我和托爾，是有一些共通點。

「托爾還記得前世的事嗎？」

「一般人都不會記得投胎轉世前的上一段人生吧。」

「這樣喔？也對。」

那這件事就無法對托爾啟齒了。

——我跟愛理喜歡的那位「齋藤徹」，其實就是你。

愛理有沒有發現到這一點我是不清楚，但我不能再替托爾帶來更多混亂或困惑了。

因為他已經有屬於自己的人生。

「您現在，依然喜歡著那位男性嗎？」

托爾微微垂低視線，短短問了一句。

他最近還真關心我的感情狀況耶。

「算是囉。不過，對方已經是我伸手無法觸及的人了。」

如此心想的我，仍忍不住將托爾與前世的他重疊，給出這個答案。

當然，今生的我的這份情感，並非來自前世的眷戀。

但終究都一樣遙不可及，明明如此近在身邊。

我們能共度的時間總是短暫有限，而且見不得光。

「托爾，怎麼了嗎？」

見他從剛才就低著頭，於是我擔心地開口詢問。

他總算把臉抬起來，然後露出往常那張難以捉摸的笑容。

「沒事，謝謝小姐的創傷藥，下次受傷了我會再來拜會您的。」

「我倒是希望你盡可能別受傷啊。」

「噢？我的拜訪會害您很困擾嗎？」

「不是這個意思啦，隨時都歡迎你過來。不對，是一定要過來，這是命令。」

「這可是您自己說的唷，我是個只要小姐下令就使命必達的男人。」

「講得好像很帥氣似的，要是忘了帶伴手禮我可不理你。」

「您不是才說什麼，只要我人來您就很高興了嗎？」

「好像有說過吧，又好像沒有耶。」

我們的對話就像往常的相處一樣。

如秋日海風般舒適怡人的氣氛，讓我們雙雙輕笑出聲。

「對了對了，有件事我想是時候該跟托爾你說了。」

「什麼事？」

「以後你就叫我瑪琪雅吧。畢竟你現在身為比格列茲家的養子，是比我還更高貴的貴族人家，況且你跟我說話早就不需要用敬語了。」

然而，托爾卻對我的要求露出十分複雜的表情。

「小姐永遠都是小姐。」

「哎呀？你討厭叫我的名字嗎？」

「也不是這麼說……」

前世的齋藤徹曾說過，想要我改喊他名字。

沒想到現在換成我對你提出這要求了呢，托爾。

立場完全顛倒了過來，而且托爾似乎有點抗拒……

「好吧，沒關係啦，以後再慢慢改囉。強迫你適應好像也有點可憐。」

「還請您高抬貴手，一時之間我真的無法習慣。」

「……」

可是呀，托爾。寄望在未來的事情，有時會在不知不覺間，永遠沒機會實現了。

我們今後會選擇什麼、捨棄什麼……

又會步上怎樣的人生道路呢？

「！」

此時，震耳的汽笛聲突然響起。我看見一艘不知何時出現的巨大戰艦，橫越過我們眼前的大海。

由黑紫色鋼鐵打造而成的船身，令人聯想到烏雲。船上高掛著西方大國福萊吉爾皇國的國旗，似乎正要進入米拉德利多的港口停靠。

胸口為何感到一陣忐忑不安？

明明是如此風光明媚的好天氣。在秋日和煦陽光的照耀下，午後的微風帶著秋天的金黃色。

「奇怪了，那是福萊吉爾的船艦，明明預定明日入港才對。」

托爾站起身，叫起在海濱曬太陽的冰龍古里敏德。

他爬上古里敏德的背，打算前往查看狀況。

「等一下，托爾！」

我向他伸出手。

「我也要去，帶上我一起！」

說不上來為什麼，總覺得那陣汽笛聲好像在呼喚著自己。

我有必要去親眼確認，或許托爾也跟我感受到了同樣的使命……

「好的，那我們一同出發吧。」

托爾朝我伸出手，把我拉了上去。

古里敏德散發著寒氣與雪花升上高空。

從上空俯瞰福萊吉爾的戰艦，規格遠比想像還巨大得多。

船上架著為數眾多的魔導砲砲台，並且張設了連綿的魔法障壁，滴水不漏地保護著船體。即使目的地明明是一片和平的路斯奇亞王國港口。

寬廣的甲板上站著一位男子。

是福萊吉爾的軍人。他身穿與戰艦色彩統一的黑紫色軍服，頭上戴著軍帽。

男人正直視著我們。

用他那銳利的赤紅色雙眼。

「咦……」

男人拎起軍帽帽沿並仰起臉，一頭柔順動人的金髮在海風中飄逸。他紅得發亮的石榴色雙眼中露出利刃般的眼神，直望著我。

我記得那個男人，我根本不可能忘記他。

他就是在前世殺了我的金髮男子——

劇烈的心跳聲強調著我們的重逢，並宣告著某種開始。

其實我應該早已心知肚明才是。

我們終究會在此世，再一次遇上彼此。

你早已宣告過。在前世手刃我之時，你說——

『無論投胎轉世多少遍，我必定都會取妳性命。』

於是，你出現了。

為的是，再一次結束我的生命。

後記

讀者朋友好，我是友麻碧。

感謝各位購買並閱讀《梅蒂亞轉生物語》第二集。

這次的劇情主要圍繞在上集結尾所暗示的第四名守護者上。

身上出現紋章的瑪琪雅，在兼顧守護者與魔法學校的學生兩種身分同時，面對現狀的迷惘仍逐步摸索出一個個答案，努力前進著。

另外，新角色也陸續登場了。其中的耶司嘉主教在未來將會扮演怎樣的重要人物，值得大家密切關注，他也是我在描寫時特別起勁的一個角色。

接下來，那位金髮男也終於要出場，為劇情帶來劇烈動盪。

在第三集中，石榴石第九小組將認真投入第一學年最後一項課題，至於內容是什麼，敬請期待。

接下來是廣告時間。本作品目前正由夏西七老師進行漫畫版改編，於《月刊Ｇ　Ｆａｎｔａｓｙ》連載中。每一位角色的立體度都比原作小說更加細膩呈現，我個人認為托爾的性感魅力特別不得了，總是帶著邪笑拜讀。太期待漫畫版的後續發展了，害我夜不成眠。

總之極力推薦漫畫版給各位，請務必參考看看。

感謝責任編輯，一直以來負責我的作品。您給予的精準建議總是讓我收穫良多，第二集也依然承蒙照顧了。

再來，感謝雨壱絵穹老師，這次繪製了藍天碧海搭配黃色向日葵的背景來襯托氣氛歡樂的四人組。拜見了完稿後的封面圖，生動得彷彿能聽見四人談笑風生，讓我心情非常激動！在推特上也承蒙您大力宣傳《梅蒂亞轉生物語》，由衷感謝您。

最後，要衷心感謝繼續支持第二集的各位讀者朋友。

雖然這個故事才剛起步，托各位的福，第一集也得以連連再刷，讓本系列作有一個好的開始。第三集應該會有一項重大事實浮上水面，請各位務必再次蒞臨梅蒂亞的世界一遊。

那麼最後呢，下一集的發行日預計會落在夏季（註：此為日本出版狀況）。

還請各位繼續多多指教了。

友麻碧

Light Literature

我的幸福婚約

一

顎木あくみ

輕文學

描述一名少女逐漸得到愛與幸福的過程……

在日引發熱潮・奇蹟般的和風灰姑娘故事！

我的幸福婚約 一

顎木あくみ／著　許婷婷／譯

生於異能之家卻沒有見鬼之才的齋森美世，因生母過世得早，自幼便在繼母與繼妹的欺凌下長大，且被迫嫁給傳聞中個性極為冷酷無情的年輕軍人清霞——據說讓眾多未婚妻人選不到三天就逃走、惡名昭彰的男人。無家可回的美世，只能每天努力下廚準備飯菜，也逐漸讓清霞打開心房……

定價：NT$280/HK$93

國家圖書館出版品預行編目資料

梅蒂亞轉生物語 . 2, 世上最無懼的救世主 / 友麻碧作 ; 蔡孟婷譯 . -- 初版 . -- 臺北市 : 臺灣角川股份有限公司 , 2021.05

面 ; 公分 . -- (Kadokawa light literature)(角川輕 . 文學)

譯自 : メイデーア転生物語 . 2, この世界に怖いものなどない救世主

ISBN 978-986-524-434-7(平裝)

861.57 1100039791

梅蒂亞轉生物語 2 世上最無懼的救世主

原著名＊メイデーア転生物語 2　この世界に怖いものなどない救世主

作　　者＊友麻碧
插　　畫＊雨壱絵穹
譯　　者＊蔡孟婷

2021 年 5 月 25 日　初版第 1 刷發行

發 行 人＊岩崎剛人
總 編 輯＊呂慧君
編　　輯＊林毓珊
美術設計＊李曼庭
印　　務＊李明修（主任）、張加恩（主任）、張凱棋

台灣角川

發 行 所＊台灣角川股份有限公司
地　　址＊105 台北市光復北路 11 巷 44 號 5 樓
電　　話＊（02）2747-2433
傳　　真＊（02）2747-2558
網　　址＊http://www.kadokawa.com.tw
劃撥帳戶＊台灣角川股份有限公司
劃撥帳號＊ 19487412
法律顧問＊有澤法律事務所
製　　版＊尚騰印刷事業有限公司
I S B N＊ 978-986-524-434-7